文春文庫

複合大噴火

上前淳一郎

文藝春秋

複合大噴火●目次

不気味な暖冬　津軽　9
雨の日々　江戸　21
ラキ火を噴く　アイスランド　43
恐怖の山焼け　浅間　57
青い霧の下の騒擾　津軽　81
飢えた群れ　浅間・アイスランド　103
仁政録　白河　115
人相食む　津軽　129
殿中の刃傷　江戸　155

パンの値上がる　パリ　169
意次VS.定信　江戸　185
大打ちこわし　大坂・江戸　203
清き流れに魚住まず　江戸　227
バスチーユ攻撃　パリ　243

あとがき　275
参照引用文献　290
解説　三上岳彦　295

複合大噴火

不気味な暖冬

津軽

1

一七八三（天明三）年が明けようとするころ、陸奥から常陸、下野にかけての国々は例年になく暖かだった。

真冬というのに南部領八戸ではさっぱり雪が降らず、ふだんなら固く凍りつくはずの道が土埃をあげ、たまに雨が来るとぬかるんで春先の雪解け道のようになった。生ぬるい南風が吹いてあたりには霞が立ちこめ、一足飛びに花曇りの季節になったかと思わせた。

旧正月元日も、相変わらず朝から南風だった。

「元日の南風は、親風というて、吉事としたもんだじゃ」

そんな古老の占いを聞きながら人びとは、まったく雪のない正月を祝った。

正月四日の朝、仙台では海のむこうから太陽が三つ並んで昇った。いつにない暖かさに海面から水蒸気がゆらゆらと陽炎《かげろう》のように立ち昇り、それが光を屈折させて朝日を三つに見せたのだった。

「おう、これは吉兆よ。日が三つも出れば、今年の日照は間違いなかべ」

農民たちは喜び合った。

下野では、冬のうちから土筆《つくし》が頭をもたげ、いたるところに菜の花が咲いていた。冬枯れたと思われた野に早くも咲き出た黄色い花は、人びとの気持を明るくするようだった。

「今年は春が早いぞ。種まく支度を急げや」

だが、どの地方でも経験豊かな農夫ほど、その冬の異様な暖かさを不気味に感じていた。彼らの体験でも、古くからのいい伝えでも、冬暖かい年ほど夏寒く、凶作になることが多かったからである。

「これは、春から一転寒くなる。夏には北東風《やませ》が来て、雨ばかり降るんでねえか」

彼らは直感的に思った。しかし、経験の教えは必ずしも完璧な予測を約束しない。また、いかに経験豊富でも農夫の個人的心情は、自分にかかわりがある場合には経験則が外れることを願っている。その二つの理由から彼らは、不吉な予感をめったに口にすることはなかった。

津軽では前年秋から、岩木山が噴火していた。昼は空高く煙が立ち昇り、夜になると時折り炎の噴き上がるのが見えた。

「温《ぬく》いのは、あの山が火燃すからでねえか」

人びとは冗談とも本気ともつかず囁《ささや》き交わした。

三月になって津軽長浜の海岸に、一尾の鯨が泳ぎ着いた。海の中といわず、陸の上といわず、生まれてこのかたそんな巨大な生き物を見たことがあるものは、近在に一人もいなかった。

「まことに奇異なことよ。唐《から》、天竺《てんじく》から来たものか」

浅瀬に乗り上げ、沖へ戻れなくなってのた打つ鯨に、人びとは恐れ、おののいた。

それでも、やがて勇気のある若者たちが海に入ってこれを生け捕りにし、弘前の藩庁へ献上して褒美をもらった。

「鰭《ひれ》を干せば珍味となり、殿様に差し上げるんだと」

そんな話が伝わってきた。

「ほう、殿様が喜ぶのであれば、鯨の来たのは瑞兆《ずいちょう》だの」

そういうものがいる。だが、ここでも見方は分かれていた。

「めったに来ねえものが来て、ろくなことの起きたためしはねえ。ましてあんな大きな魚が来たのは初めてだ。今年はどんな悪いことが起きるか、わからねえぞ」

異常気象の原因か、それとも結果か、津軽海峡から日本海へかけての海流や水温にも異変が起きている可能性はあった。

そして、鯨がこんなところへまぎれ込んできたのがそのせいだとすれば、この出来事に不吉な臭いを嗅いだ直感のほうを、正しいというべきかも知れなかった。

2

その年がいい年になるかどうか、にとりわけ陸奥の人びとの関心が強かったのは、前の年すなわち一七八二（天明二）年がひどい凶作だったからである。

なかでも津軽は無残だった。春先から天候不順で、夏には各地で洪水が起きるほどの大雨が続いた。稲は生育不十分のところへ嵐や霰《あられ》に見舞われ、病虫害も発生して大減収となった。当時津軽藩は表高《おもてだか》四万六千石だが、幕府へ届け出たその年の損毛《そんもう》は十二万千七百八十石。のちに同藩の表高は十万石になるが、それをも上回る減収である。

不作の年ほど、村々の代官による取り立ては厳しくなる。藩が財政をまかなっていくためには、最低限の米がどうしても必要だからだ。

農民たちは、たちまち飢えに悩むことになった。米が凶作になるほど天候が悪い年には、畑の他の作物も概してよくない。秋から冬にかけて、満足に口にできるものはほとんどなくなっていた。

他方、武士たちはたとえ凶作でも困ることはなかった。彼らは俸禄を現金ではなく、米でもらう。身分に応じて定められた石高は、不作だからといって大きく変わることなく支給される。その米を商人に売り渡し、手にする金で日常の品物を買う。不作なら市中の米価は高騰し、武士たちの現金手取りはふえて、かえってうまみが生じる。もっとも、俸禄の米を受け取る前に、それをかたに町人から借金している武士も多くて、そうなると利息に苦しめられることになるのだが。

借金といえば、藩庁にとっては、ことはかなり重大だった。秋の収穫後には必ず米を回船する約束で、江戸や上方の商人から前借していたからだ。

むろん、幕府へ届けた損毛高は必ずしも正確ではない。ある程度水増ししてある。それに、表高四万六千石だが、年貢の対象となる内高からすると、もう少しゆとりがある。藩は自由にできる米をこっそり内懐に隠していた。

だが、この年の凶作は、とても懐に隠した分では先売りを埋めきれないところへ、藩を追い込んでいた。借金を返せないのである。

しかも商人への借金は、数年前から年ごとにふえてきている。その原因は必ずしも不作ばかりによるのではなく、藩主津軽信寧《のぶやす》が参勤交代で江戸へのぼる費用や、弘前城の維持費がかさんで、つい多目に前借するからだった。秋になって返済しきれない分には、利息がどんどん追いかけてくる。それが積もっているところへ、この年の凶作だ。これは非常にこたえた。

これ以上借金がふえて、もう貸せない、とでもいわれたら、大名の面目は丸つぶれになってしまう。一粒でも多く米をかき集めてきて、船積みしなければならない。代官の取り立てが厳しくなるのは、そのためであった。

すなわち、ほかに現金収入をもたらす生産物や資源のほとんどない津軽で、米は大名が面目を保ち、かつ武士集団を維持していくための主産品だった。その米が気候異変で不作になるのは、藩にとっても死活の問題だったのである。

3

米のほかにも領内の生産物をふやす努力を、津軽藩がしてこなかったわけではない。たとえば塩は他国から買い付けていたが、しばらく前には浜辺に釜をすえ、海水を煮つめる製塩事業が始まっていた。諸国へ売って現金収入をあげることまでは望めないにしても、少なくとも自藩の消費をまかなえれば、それだけ出費は抑えられるというもくろみだった。

漆器をつくるための漆の木の栽培が奨励され、土を探して陶器づくりも新しく始まった。

畑を拓いて棉《わた》が植えられ、養蚕の指導者が他国から招かれた。紙すき、籐細工、竹籠づくり。どれも、城下の人びとが初めて見る新産業であった。

そうした新しい産業振興策は明らかに、ときの老中田沼主殿頭意次《とのものかみおきつぐ》の積極的な経済政策の影響によるものだった。棉、茶、煙草などの商品作物の栽培、あるいは養蚕は、そのころ全国に広く普及しつつあったのである。それらを取引する商人が集まって組織される株仲間は、田沼時代に飛躍的に増加して活発になり、町人の実力を大きくすると同時に、幕府の税収増をもたらした。専売事業としてすでにあった銅座や朱座に加えて、意次は鉄座や真鍮《しんちゆう》座、竜脳座を設け、新しい産業の開発と財源の確保を狙った。

意次はまた、中国、オランダとの貿易に力を入れる重商政策をとり、北のロシアとも交易したいと考えていた。もともと彼は新しいもの好きで、オランダ人が初めて日本へもたらした寒暖計を屋敷に備えつけるようなところがあった。彼の目が海外へ向いたのは、一つにはそうした好奇心のせいだっただろうが、国内にだけかまけていては発展はないという視野の広さを、きちんと持ち合わせていた。北海道の開拓、あるいは印旛沼、手賀沼を干拓して新田を造成し、同時に運河による交通網をつくる、という壮大な政策にも彼は手をつけていた。

そうした多くの面での積極政策は、世の中に活気をもたらし、また現実に人びとの懐を豊かにもする。そのような活気と豊かさを背景に、田沼時代には学問、文化、芸術の花がさまざまに開いた。杉田玄白らの『解体新書』が出され、平賀源内がエレキテルをつくった。本居宣長が書を記し、蕪村が俳諧中興の祖となる。円山応挙の写実的な絵が人びとを驚かせ、やがて浮世絵の歌麿や北斎が出現してこようとしていた。

そうやって全国にみなぎりはじめた活発な息吹きを、遠い北の果ての津軽の人びとも感じとっていた。他国と同じように豊かになりたい。そんな願いをこめて始められた産業振興であった。

しかし、棉は寒い土地に根づかなかったし、不なれな養蚕も、製塩も、ことごとく失敗した。わずかに残ったのは、その後「津軽塗り」と呼ばれることになる漆器づくりだけだった。

藩庁はあわてた。現金収入をふやすどころか、事業に注ぎ込んだ莫大な金は捨てたも同然になってしまったのだ。

こうなっては、頼りはやはり米しかなかった。その収量をふやし、少しでも多く江戸、上方へ売って現金を手にするほかない。では、どうやって収量をふやすのか。

藩庁がやったのは、検地であった。

間竿を手にした役人たちが、田の畦の幅までぎりぎりと測り直し、田を畑に変えていたものには元へ戻させ、川端をこっそり削って新田にしていたものを摘発していった。

わずかなうま味をすっかり絞り上げられた農夫たちは、竿入れの役人の前にひざまずいて恐縮して見せながら、腹の中でいまいましげに舌打ちするのだった。

そうやってふえた収量はそっくり船に積まれ、青森港から太平洋へ出て江戸へ、深浦港から日本海を上方へと送られて行く。飢えた農夫たちはその船を、恨み深い目でただ見送っているばかりだった。

もう一つ藩庁は、貯米という制度を考え出して、農民に強制していた。これは、田一反歩につき米一升の割合ですべての農民に貯米をさせ、不作の年に備えようという、もしほんとにその通りならなかなか立派な政策だった。

しかも、その貯米を藩庁に貸し付けておけば、年二割の利息をつけていざというときには返してくれるという。農民にとっては魅力的な話である。

集められてくる貯米は、初めのうちは村々の郷蔵へ入れられ、いかにも凶年への備えという体裁を保っていた。藩庁としてもそう願い、凶作の克服ということしか考えていなかったかも知れない。

しかし、藩政に金がかかるようになってくるにつれ、役人の目はどうしても年々米が貯まる一方の郷蔵のほうへ向く。その結果いままでは貯米は、農民の主だったものが管理している郷蔵へではなく、代官のもとへ納めることに改められてしまった。つまりは増税で、田一反歩につき米一升余分に年貢を納めさせられることになる。

そうやって詐欺のようなかたちで藩倉へ入れられた米もまた、つぎつぎ船積みされて送り出されて行った。

雨の日々

江戸

1

四月に入って、陸奥の陽気は一変した。それまでの暖かさが嘘のように、雨が降って肌寒い日が続いた。たまに晴れると、田畑は雪が降ったかと思うほど白い霜におおわれた。

「やはり、そうじゃ。この寒さだば、畑に大根の種も播《ま》けねえ。これが夏に続けば、今年も飢餓どしになるんでねえか」

老いた農夫たちは気がかりそうに空を見上げた。

江戸でも、例年ならいい天気が続くはずの五月に、じめじめと雨が降って寒い日が多くなった。降らない日も空はどんよりと曇り、町人たちは冬の綿入れを着たままだった。

「このような年は、不作になりがちなものでござる。田の水が冷たくて、田植えも遅れよう、と国元では申しておりまする」

江戸城田安門勤番の本多弾正少弼《だんじょうしょうひつ》忠籌《ただかず》はいった。本多は一万五千石の陸奥泉藩主で、四十五歳。前年秋から田安門勤番になっている。

「いかにも、こう日が照らなくては」

松平上総介定信は応じた。歌人田安宗武の子として生まれた彼は、八代将軍吉宗の孫にあたり、二十六歳。白河藩主松平越中守定邦の養子となって、田安門内の邸宅から江戸八丁堀の白河藩邸へ移っていたが、ときには嫡母宝蓮院への挨拶に田安邸へ顔を出す。

「それに国元ではこの春から疱瘡《ほうそう》がはやっておりまする。薬の手配はしておるのでござりますが」

悪疫が流行して死者や病人が続出すると、ただちに生産力の減退となってはね返ってくる。忠籌がおそれているのは、そのことであった。

父親ほども年齢の違う相手の言葉を、定信はうなずきながら聞いた。

忠籌は、民百姓はいつくしまねばならない、というような美しく飾った君主論ではなく、農民こそが領内の唯一の生産力なのだ、という現実論に、自らの藩政の基礎をおいていた。そこが、定信が彼を気に入っている理由の一つであった。

「いくら子供の多い百姓にも、間引きをさせてはなりませぬ。子は育てば田を打ちまするから」

忠籌はよくいった。現実に彼はしばしば国元に、堕胎、間引きを禁じる布告を出している。それは、生命は尊いもの、などという感傷からではなく、百姓たちが今日食うものに困って赤子を殺すと、明日の生産力がそれだけ減るからだった。

それでも、夏の日照不足と長雨で不作になることが多い土地だけに、農民たちは食うに困るとどうしても間引きや捨子に走る。そこで忠篶は、禁令によって刑罰を科すだけでなく、子供に養育扶助料を出す制度をつくった。次男、次女以下の出生に際しては、金一両二分と籾《もみ》三俵を、三カ年間に四回に分けて与える、というものであった。

忠篶は、米こそが金になりうる領内唯一の産品であり、農民はそれを支える不可欠の生産力であることを、よく知っている政治家だった。

2

しかし、いかに領内に良質の生産力を持っているにしても、米はその年の天候しだいで収量がおかまいなく減る。そして、藩が立てた財政計画を根本からくつがえしてしまう。

現実に、父忠如《ただゆき》の代から毎年のように続く不作で泉藩の財政は苦しく、忠篶が十六歳で家督を継いだときには藩は借金だらけだった。領主になってからの彼の日々は、不作と借財との戦いのようなものだった。

「ああ、遠州相良《さがら》にいたならば」

忠籌が二十歳の一七五八（宝暦八）年、四十歳の田沼主殿頭意次が相良一万石の領主に封ぜられて大名になった。それを聞いたとき、忠籌の胸の内にはそんな思いが去来した。

遠州相良は気候温暖で、不作に泣かされるようなことはめったにない。駿河、三河と並んで徳川家康ゆかりの地だけに、従来有力な譜代が封ぜられるしきたりでもあった。徳川家康四天王の一人と称された本多忠勝を祖とする本多家は、忠如の祖父の代から長く遠州相良に居を構え、その地を領することを誇りにしてきた。忠籌もその主となるはずであった。

ところが彼が八歳の年に、突然父忠如は陸奥泉藩に転封となった。泉は地面に皺が寄ったように起伏の多い土地で、可耕地が少ない。地味は瘠《や》せている。なによりも相良に較べて寒く、早稲《わせ》を植えても十分育たない。かといって晩稲に頼ると、収穫が遅くなる分だけ秋の大風にやられやすくなるのだった。

かてて加えて陸奥は凶作の本場のような地域だ。父の代から不作は繰り返され、家臣に俸禄を支払いかねるような年が何度もあった。そのたびに藩は、他領へまで出かけて裕福な商人から三十両、五十両と金を借りた。

その金が返せなくて雪だるまのようにふくらんだ借財を減らすために忠籌が取った策は、一にも節約、二にも節約だった。自ら食事は一汁一菜と決め、農民が葬式や法事で参会者をもてなすときの飲食まで、細かく規制した。

「手伝いなど近所の者には煮しめに握り飯とし、遠方からの者にはその時に応じ、手づくりの品一汁一菜にてもてなせ」

婦女子には、値段の高い目立つ衣服を新調してはならぬ、と布告し、櫛、髪飾りにも干渉した。

「櫛をさすこと無用とする。ただし、髪さしは一本のこと」

家督を継いだ翌年、十七歳の忠籌は大坂勤番となって西下したが、そこである日弓術の稽古をしていた。木綿服に小倉《こくら》の袴という貧乏侍のような恰好なので、他藩の武士たちは無視していたが、あとで泉の殿様と聞かされて驚いた。そのくらい率先してしまり屋であった。

彼自身は、少年のころから父に節倹を教えられ、いまはそれを家臣や領民に説かなければならない立場だった。だから、木綿を着て一汁一菜の日々がさして苦になったわけではない。しかし、田沼意次があの陽光さんさんと地味豊かな遠州相良の領主になったと知ったとき、やはり思いは複雑であった。こちらは譜代大名、むこうはたかが小姓あがりなのだ。

器量がいいうえ、まめまめしい少年だった意次は、将軍吉宗にかわいがられて世子家重の小姓になり、家重が九代将軍に就任すると、その側御用取次となった。遠州相良を賜ったことからすれば、よほど気に入られていたのだろう。家重の子家治が十代将軍になってからも相変わらず側御用取次をつとめ、ますます権勢盛んであるらしい。

江戸から聞えてくる噂では、将軍家治がお知保の方という女を初めて側室に置いたとき、意次はお知保の方と親しい女を妾にした。妾はことあるごとに手土産を持ってお知保の方を訪ねてはご機嫌を取り結び、あるいは大奥に出入りして、その権力を一手に握る老女松島はじめ奥女中たちへの贈り物を忘れないという。

「自分には、なんのかかわりもない。縁のない世界なのだ」

忠籌は思う。そんなことをしてまで出世するつもりはないし、彼にできる真似でもない。だが、一方で、大奥に賄賂《わいろ》を使うような男が重用されるのは間違っている、という気持が強くするのも確かだった。

3

「雨で大工や人夫どもが仕事にならないせいか、中州ばかりはたいそうな賑わいだそうでございますな」

忠籌は話をかえた。

「ふむ、埋立てとなれば熱心なことではある」

松平定信は不快そうにして見せて、忠籌を苦笑させた。

中州というのは、将軍家治のもとでいまは老中に出世した田沼意次が、隅田川にかかる新大橋のたもとを埋め立てて造成させた新開地である。一丁四方ほど川へ突き出し、船着場もあった。ここに茶屋、湯屋などが軒をつらねて建ち並ぶようになり、夜店、見世物が賑やかに開かれはじめる。夜になるとおびただしい提灯が水面に映え、さながら竜宮城が浮かび上がってきたようにはなやかだった。湯女、私娼の嬌声があふれ、しかも安く遊べるので、たちまち庶民の一大歓楽場となった。いってみれば大衆のための吉原遊郭のような場所だった。

そういう場所が定信は大嫌いである。養父松平定邦の娘峯姫と十九歳で結婚した彼には、妾もいたが、

「房事は子孫をふやしたいからするのだ。情欲に耐えがたい、などと私は思ったことがない」

といっていた。そういう男にとって、歓楽場へ集まる大衆はただ愚かな存在にすぎず、

そのような場所を提供する政治家は唾棄《だき》すべきであった。

埋立てとなれば、と彼がいったのは、意次が一大事業として推進している印旛沼、手賀沼の干拓を、合わせて皮肉る意味からだった。

干拓事業は、諸国に人口が増加しつつあるのに、不作の年が続いて米の収穫が追いつかないこの時代に、耕地をふやすために思い切って実行すべき政策といえた。

長崎出島のオランダ商館長として滞日中のイザーク・ティチングは、多くの面で思い切った改革をやろうとする老中意次を、開明的な精神と果敢な性格の持ち主、と評価していた。ヨーロッパからの目は、意次を進取の気性に富む政治家と見、いまの日本に必要なのはそのようにダイナミックな政策だとしたのである。

しかし国内では家柄を誇る者ほど、田沼のやり方を成り上がり者の乱暴と見た。すべての政策は従来の秩序を破る不遜《ふそん》で、無礼かつ粗雑な誤りにすぎなかった。

干拓のようなことに巨額の費用を使うのもばかげている、耕地をふやすなど夢のようなことを考えるのはやめて、諸藩に節倹を命じることこそ政治の本道だ――定信に限らず、反田沼派の人びとはそう思っていた。

そうした反対派の存在もまた、ティチングはちゃんと見抜いていて、こういった。

「身分の高い日本人の多くは、国外の動きにほとんど注意を払わず、日本を世界第一の国だと思っている。このような人びとを開明派は、井の中の蛙《かわず》、と呼んでいる」

蛙たちは決して大声で鳴き立てることはなかったが、陰ではしきりに意次の賄賂好きを攻撃していた。大奥に贈り物をして取り入り、その尻押しで将軍の寵《ちょう》を得た彼は、賄賂を持ってくるものしか役職につけない、というのであった。

「神田にある田沼の屋敷はな、板張りが妙にぴかぴか光ってやがるんだ。何だと思う？打ちつけた釘かくしが、みな純金でできてるんだとよ」

もらった金があり余るので、そんな贅沢《ぜいたく》をしている、と人びとはいい合った。

ことあるごとにその邸宅にはご機嫌伺いの人びとが詰めかけ、三十畳敷の部屋に入りきれなくて座敷の外にまで居並ぶ賑わいだった。

老中がそうなら、下僚もならう。意次の右腕といわれた勘定奉行の松本伊豆守は、女と賄賂が好きなことで聞えていたが、あるときその屋敷へ「京人形」と表書きされた大きな箱が届けられた。

開けて出てきたのは、美しく着飾った生きた京人形だった。

4

「おかげにてこのところ借財はすべてなくなったばかりか、一万両の貯えまででき申した。これで、今年不作でさえなければ……」

　忠篝はまた国元のほうへ話を戻した。

「ほう。一万両も」

「藩倉に若干の米穀の貯蔵もできておりまする。家督相続から三十年かかり申した。その間、年ごとに、一万五千石のうち一万石にて家臣の俸禄その他藩政をまかない、五千石を借財返済にあてたのでござる」

「ご苦労であったな」

　忠篝が屋敷に十カ条の壁書を貼りつけていることを、定信は知っていた。自らの信条を家屋になぞらえて書き出したものである。

一、淫酒は早世の地形
一、堪忍は身を立てるの壁
一、苦労は栄花の礎
一、倹約は君に仕うの材木
一、珍味珍膳は貧の柱
一、多言慮外は身を損す根太

一、仁情は家を治める畳
一、花麗は借金の板敷
一、法度は僕を仕うの屋根
一、我儘は朋友に悪《にく》まるる障子

朴訥《ぼくとつ》で直接的な表現の中に、ひたすら贅をいましめ、辛抱と倹約をうたっている。忠籌のこういうところを、定信はいちばん気に入っていた。

もともと定信が育った田安邸は倹約を重んじ、あれを食べたい、これを着たい、などというわがままを子供たちに許さなかった。幼いころ彼は、兄たちが持っている鼻紙を入れるための袋を欲しがったが、それさえ、まだ駄目、と持たせてもらえなかった。乳母に頼んでこっそりつくってもらうことはできたが。

それはべつに田安邸が手元不如意だったからではなく、武士のたしなみを教えるためだったけれども、そういうもの、と思って成人するうち彼の性格は、衣食住の奢《おご》りを疎んじる方向へ固まっていった。そして、抑制された節倹の中に、ある種の美さえ見出すようになる。

「そんなにまで、なさらなくても……」

周囲のほうで気に病むと、彼は笑っていうのだった。

「いや、風呂に入って湯水を少し無駄に使っても叱られた子供のころを思うと、いまはこれでもずいぶん贅沢をやっている」

江戸参勤の忠籌と知り合って意気投合したのも、お互いに、倹約を至上とする、という共通項があるからだった。

「白河の家督を継がれれば、いまよりいっそう節倹を心がけねばなりませぬ」

忠籌はいっていた。白河は泉の隣藩で、絶えず凶作の危険にさらされている点ではよく似かよっている。その領主になろうとしている定信に、忠籌は三十年の経験を余さず語って聞かせてきていた。

幼いころから才子のほまれ高く、七歳で孝経を読むほど頭のよかった定信は、忠籌の苦労話をよく理解した。そして、少年のころから学んできている中国の書籍から得た教えに、現実の政治論を合体させたかたちで、前年、二十五歳のときに『政事録』という本を書いた。

凶年のために貯えることの重要性を説き、自ら率先して節倹すべしと、人の上に立つものの政経の道を綴っている。江戸にいながら彼はすでに、少なくとも頭の中では、白河へ行ったときに自分がすべきことを知っていた。

「白河へは、今年のうちにも参ることになるかも知れませぬ。養父も中風でだいぶ弱っておられるゆえ」

定信は表の雨を見やりながらいった。

「さようでござるか。それならばなおのこと、実り多い秋であればよろしいが」

親身に相手の立場を思いやりながら、忠籌は応じた。

5

田安家に生まれた定信が、なぜ白河藩主松平定邦の養子になったかといえば、老中田沼意次の差し金、という噂がもっぱらだった。

父宗武のあとは兄治察が継いでいたが、病弱でまだ子供がなかった。もう一人の兄定国は他家へ養子に出てしまっていたから、治察にこのまま子供ができない場合には、定信に世継ぎをもうける期待がかかってくる。彼は田安家にとって、そのような重要な立場にいた。

ところが突然、定信を白河へ、という命令が将軍家から来たのである。定信は十七歳であった。

田安家は驚き、固辞した。しかし老中たちは将軍家治の命をたてに、頑として譲らない。

そこで出た噂というのは、こうであった。――定信は頭がよく、学問もあって、幼少のころから将軍家治のことのほかのお気に入りだ。もし家治の世子に万一のことがあった場合、家治は定信を後継者に迎えるのではないか。それをあらかじめ防ぐために、意次は定信を追い払いたいのだ、と。

定信のように潔癖で、病的なまでの倹約家が将軍になったら、もっぱら賄賂で出世し、加増につぐ加増をうけていまや四万七千石の大名となった意次には、はなはだやりにくくなるだろう。噂には、なるほど、とうなずかされるところがあった。

もう一つ、これも噂では、意次は一橋家と結託していた。もともと田安、一橋両家は将軍吉宗の二子がたてた家という由緒をもつが、それだけにお互いの競争意識も強い。そこで意次は一橋家に取り入り、将軍家治の世子に万一があった場合には一橋家から世子を送り込む約束で、定信追放をはかったというのである。

聡明な定信は、噂が広がる前に事の真相を見抜いていた。しかし、将軍の命といわれれば仕方がない。松平家の養子となることが決まり、養家へ引き移りの式もすんだ。

その三月ほど後に、田安家が怖れていた事態が現実となった。当主治察が子供を残さないまま病死したのである。

田安家では、養子に行った定信を破縁にして呼び戻し、跡を継がせたい、と将軍家に願い出た。しかし、うまく事を運んだと思っている老中意次が、これを聞き入れるはずもない。願いはしりぞけられた。

定信はその恨みを長く忘れなかった。

一方、邪魔者を排除した意次にとって、その後の展開はまるで絵に描いたようだった。それから五年ほどして、将軍家治の世子家基が十七歳で急死したのだ。

かねての約束通り、一橋治済の長男豊千代が、家治の世子として送り込まれる。のちの十一代将軍家斉である。

あまりうまく行きすぎているので、意次が医師に命じて鷹狩りしていた家基に毒を盛ったのだ、と人びとは噂した。

家基はもともと健康ではなかったが、聡明で、他人の立場を思いやることのできる性格を持っていた。それだけに田沼派に冷飯を食わされている譜代藩主たちの間では評判がよく、家基の時代になれば自分たちにも花が咲く、という期待を抱かせていた。そこへもたらされた家基毒殺の噂は、彼らを憤らせ、かつおおいに落胆させた。もはや望みは失われたのである。

本多忠籌もそんな譜代藩主の一人だったが、彼は怒りも失望も見せず、ただ麻裃《かみしも》を着て朝から晩まで正座することで心から哀悼の意を表し、五十日間酒肴を絶つことを誓った。

自らの利害を超えて徳川家への忠誠を忘れない忠篝を、偉い藩主だ、と定信は思う。これこそ信義とともに備わって雄偉《ゆうい》高邁《こうまい》、真の英雄だ、という気がする。

「これからは信友として交わっていただきたい」

下谷にある忠篝の江戸藩邸を訪ねて定信が申し入れてから、もう数年になる。いまでは二人は刎頸《ふんけい》の友であった。

6

「くれぐれも短慮は慎まれよ」

激しくなってきた雨の音を聞きながら忠篝は、父親のような口調でいった。

この求道者のような青年がこのごろ時折り、思いつめたような表情を見せることがあるのに忠篝は気づいている。ひょっとするとなにかの覚悟を固めているのではないか、と思わせる態度が見えるのだ。

「自分は身体が弱い。いつ死ぬことになるかわからぬゆえ、遺書のつもりでこれを書き申した」

前年『政事録』とともに『修身録』という本を書き終えたあとで、定信がいったことがある。二十五歳の若さで遺書とは、妙なことをいうものだな、と忠籌は思った。

たしかに定信は身体が丈夫なほうではない、昨年は春から口の中に腫瘍《しゅよう》ができて、しばらく苦しんだりした。しかし、それがよくなると柔道を習いはじめ、健康そうだ。いつ死ぬかわからない病身などではない。

それが遺書——定信の覚悟に忠籌が初めて気づいたのは、そのときだった。この青年は自ら生命を捨てる気になっているのではないか。

生命を捨てるとなれば、田沼意次と刺し違えることをおいてほかに理由がない。この青年は意次を殺そうと機を狙っている。柔道も、そのための鍛練ではないのか。そう思い当たって、忠籌はほとんど戦慄《せんりつ》した。

そこまで思いつめるにいたった背景には、継ぐものがいなくなっている田安家から、まるで鞭《むち》で叩き出すように白河へ追われた恨みがあるだろう。

そしてもう一つ、徳川家の伝統をことごとく無視して勝手気ままに新しいことに手を出し、かつての忠臣たちを捨てて媚《こ》びへつらうもののみを重用する意次の政治への、激しい憤りと潔癖感があるはずであった。

「田安家の亡き父や祖父への責任感と、徳川家への責任感とが一つになって、この男を突き動かしているのだ」

二つの責任感が縄のようにより合わされて一つになっているとあれば、この覚悟はきわめて固い。

だが忠籌は、いまこの若者を死なせたくなかった。定信こそいずれ必ず花が咲くし、咲かせてやらなければならない人物である。短慮を慎め、といったのは、その思いをこめてであった。

「かたじけない。しかしご心配無用でござる」

定信は意外にあっさりと、微笑とともに応じた。忠籌の心配の内容をすべて理解している笑みだった。

拍子抜けするような思いとともに、忠籌は相手を凝視した。ほんとうに、固めたはずの覚悟を捨てたのか。それとも笑ってごまかそうとしているのか。

定信は信友をごまかすことはできない男だった。たしかに彼は、いったんした決心をいまは捨てていた。その決心とはまぎれもなく自らの手で老中意次を殺すことであり、そのために懐剣をつくらせ、ふところに呑んでひそかにつけ狙った時期がある。相手を殺せばこちらも切腹を逃れられない。忠籌が見抜いた通り、二冊の本を遺書として書いたのはそのためであった。

しかし、私怨と義憤とでほとんど逆上していた定信は、やがてふだんの沈着さを取り戻した。そして冷静に考えるうち、自分のしようとしていることが矛盾でしかないことに気づいた。

徳川家によかれ、と奸臣《かんしん》を討つ——そういう口実が彼の決意の裏にはある。だが奸臣とはいえ意次は、将軍家治によって登用された人物である。これを討つのは、将軍を暗愚というのと同じことになるではないか。すなわち、忠義と思ってすることが逆に不忠になるという矛盾を抱え込まなければならないのだ。この矛盾に目をつぶって暗殺を決行すれば、それはもはや私怨から出た乱心にすぎなくなる。世間も、あれは自分の名を高めるための芝居よ、としかいわないだろう。

定信は呑んでいた懐剣を捨てた。一度は固めていた決意のことを、彼は誰にも話さなかった。だが、忠籌が感づいたくらいだから、嫡母の宝蓮院にはわかっていたのかも知れない。

「辛抱することです。幕政を改革するつもりなら、急ぐより、幕閣の端にでもつかまって、内から少しずつ足場を固めていけばよいではありませぬか。韓信の股くぐり、のたとえもあることですし」

彼女はそういった。

殺したいほど意次が憎いだろうが、その相手に頭を下げ、賄賂を求められるならそれも積んで、ともかくも出世の階段を登って発言力を大きくせよ、というのだ。

「これからは、韓信の股くぐりで行くつもりでござる」

嫡母の諭すところに従う気持になっている定信は、ほほえんだまま忠籌にいった。

7

雨は白河でも泉でも、そして津軽でも冷たく降り続いていた。

南部領八戸での記録では、五月に入って一、二日が雨、三、四日は大雨。五日は晴れたが非常に冷たい日だった。続いて六日微雨、七日大雨。

そんな調子で、月を通して見ると晴れた日はわずか五日間しかない。曇り六日、西風で大いに冷たい日六日、そしてじつに十四日が雨だった。

畑に播いた種は芽こそ出したが、日照がないために細く弱々しいうえ、水をかぶってほとんど流されてしまいそうに見えた。

「いまこれだけ降れば、やがて晴れるべえ」

「いや、正月から不順なものが、急によくなるわけはねえ」

蓑笠をつけて田畑を見回る農夫たちは、お互いに根拠のない楽観論と悲観論をやり取り合った。

六月に入って、事態はいっそう悪くなった。山背風《やませ》が吹く日が出はじめたのだ。霧のような雨を伴った冷たい北東風で、米を実らせないとして陸奥ではもっとも恐れられる風である。

梅雨前線はすでに日本の南岸に伸びているはずであった。そしてオホーツク海に、よく発達したブロッキング高気圧が背を高めようとしている。この高気圧が強くなればそれだけ、そこから陸奥へ向けて吹き降ろされてくる冷たい北東風は長く続く。そういう夏は決まって寒くなり、したがって米は生育できないままに終わるのだ。

その間に市中では、米の値段がじりじりと上がりはじめていた。今年も不作と見てとった商人たちが、売り惜しみ、買い占めに走り出したしるしだった。

ラキ火を噴く

アイスランド

1

アイスランドでもその年は、冬の寒さが厳しくなかった。北極海からの流氷は少なく、小鳥たちが春の歌をさえずり始めるのがいつになく早かった。

天候はその後も順調で、人口五万足らずのこの氷の島にも夏がやってこようとしている六月初め、南部の農村地帯に小さな地震が起きて、断続的に二、三日続いた。

震源はヘクラ山（一、四九一メートル）の東七十五キロほどのところにあるラキ山（八一六メートル）付近と思われたが、周辺の村の人びとはほとんど気にとめていなかった。この島には、もっとも有名なヘクラはじめいくつもの火山があって、絶えず活動を続け、そのたびに大小の地震を起こしているからだ。

ところが地震は日を追って激しくなり、家が倒れそうな大揺れが来はじめた。村びとたちは危険を感じて家へは入ろうとしなくなり、夜は戸外にテントを張って寝た。

揺れが激しくなると同時に、ラキ山のふもとから、三本の白い煙が柱のように並んで空高く噴き上げるのが眺められた。

「ラキが？　あの小さな山が――」

人びとは信じられないまま、驚きの目を見張った。

ラキは標高こそ八百メートルを越えているが、周辺全体が盛り上がっているので、まわりの平地からの高さはせいぜい二百四十メートルにすぎない。ちょっと離れたら見えないくらい、小さい山である。ただ、ふもとには古い熔岩の堆積があるから、過去にラキそのものが噴火したか、あるいはその周辺の平野に割れ目噴火が起きたことは確かだ。しかし、いずれにしてもそれは最近のことではなく、あんな貧相な山が火を噴くなど、誰も考えて見たことがなかった。

もくもくと噴き出す白っぽい噴出物は、煙のようであり、水蒸気のようでもあった。三本の柱は上空で一つになり、お互いに入り混ってきのこ雲のように横へ広がる。そして、太陽をさえぎりながら、厚く島の空をおおっていった。

やがてその雲の間から石が飛び、砂が降ってきはじめる。地震はいっそう激しくなっている。人びとは落ち着きを失い、揺れと降下物の両方から逃れるにはどの方向がいいのかわからず、右往左往するばかりだった。

六月八日の朝九時ごろ、おびただしい雷が一度に落ちたような巨大な音が、ラキ山の方向に轟《とどろ》いた。おびえながらそちらへ目をやった人びとは、二十本を越える火柱が地からほとばしり出て、天を焦がすかと思うほど高く昇っていくのを見た。

「火を噴いたぞ！」

「熔岩が来る。逃げるんだ」

硫黄の臭いがたちまちあたりをおおい、灰や軽石がどっと降ってきた。すぐ目の前まで暗くなり、方角の見分けもつかなくなった。それでも、どこかへ逃げなければならなかった。

2

ラキ山を起点にして南西方向へ延長十数キロメートルの間に、ざっと五十ほどのクレーター（噴火口）が、行儀よく一列に並んで出現していた。どのクレーターも巨大なニキビのように数十メートルの高さに円形に盛り上がり、その中央の凹みから、湧き上がってくる地の底のエネルギーを猛烈な勢いで吐き出していた。

すべてのクレーターが火を噴いているわけではない。火柱が立っているのは半数ほどで、あとは煙を噴き上げるだけだったり、水蒸気を噴出したりした。

厳密にいうとラキ山そのものは何も噴出せず、一列縦隊のクレーター群が目の下で繰りひろげる火と煙と音の狂宴を、指揮しているかのようだった。

着のみ着のままで逃げまどう村人たちを追って、火の玉のように赤く焼けた岩が飛んだ。煙はいまは黒ずみ、いっそうあたりを暗くした。

噴火が始まって間もなく、激しかった地震がおさまるのと引き換えのように、クレーター群から熔岩が流れ出はじめた。真っ赤に燃えてどろどろと吐き出された熔岩は、木や草をたちまち焼き払い、岩石を呑み込みながら斜面を下って、氷河の川床へ流れ込んだ。

何千年も凍ったままだった氷河は見る見る溶け、おびただしい水となって川床を下る。熔岩が一日十数キロメートルの速さで押し下るにつれて溶ける氷の量はふえ、下流の村々に洪水となってあふれ出た。

煙を立てながら氷河や川を下った火の岩の流れは、やがて川床からあふれて周りの農場や村を押し流した。野は火の湖となった。

穀物も、野菜、牧草も、あっという間にめくり取られて焼かれ、緑の大地は赤黒く変わっていった。人家や教会が潰《つぶ》れ、なおも押し寄せる熔岩の下になって見えなくなっていく。

二十一の村が、熔岩、あるいはその先ぶれとして起きた洪水で全滅し、三十四村が農場や住宅の一部を失った。七つの教会と、二つの礼拝堂が失われた。ラキ山から南へ八十キロ、あと少しで大西洋へ達するあたりで、ようやく熔岩の流れは止まった。先端は扇状に広がり、その幅は二十キロにも達した。堆積した熔岩の高さは数メートルから十数メートルに及び、それまでの野や山の風景を完全に変えた。歴史時代に入って、人類が地球上のどこでも見たことのない、おびただしい量の熔岩の噴出であった。

押し寄せる熔岩に逃げ場を失って焼死したものは二百二十人、洪水で流されて死んだものは二十一人である。しかし、この犠牲者の数は、これから起きようとしている悲劇に較べたら、ほんの序章にすぎなかった。

3

地表へ大量の熔岩を吐き出したクレーター群は一方で、すさまじい噴煙を空中へ噴き上げ続けていた。島の上空は六月八日以降何日も続けてまっ暗で、昼なのか夜なのか、逃げまどう人びとにはほとんど見分けがつかなくなっていた。

あたりには硫黄の臭いがたちこめ、呼吸をするのさえ苦しい。気管の弱い老人や子供が倒れはじめている。

暗い空からは灰や砂が絶え間なく降り注いで、熔岩の被害からかろうじて免れた農作物や牧草を容赦なくおおいつくしていった。穀倉を押し潰され、農作物をやられた農民たちには、食糧がなくなろうとしていた。

牧草を失った牛も飢えた。そのうえ、雨にあたって皮膚をやられ、もだえ死ぬ牛があいつぎだした。

雨には、硫黄くさく黒っぽいタールのようなものが、大量に混っていた。これは人間の顔や手足にもこびりついてただれを起こしたが、雨から逃れるすべを知らない家畜にとって事態はより深刻だった。

牛ばかりでなく馬も羊もこれにやられ、また飢えた。そして島の人びとにとってそれは、食べる肉がなくなることを意味していた。

湖で鱒《ます》を獲ろうと試みる漁夫は、降下物で湖面が泥沼のように変色しているのを知った。魚はより深いところへ逃げたのか、死の雨にやられたのか、一尾も獲れなかった。

海へ出るのは危険だった。噴煙は島の周囲の海面までべったりとおおいつくしている。

何も見えなくて舟はいつ岩に衝突するかわからなかったし、かりに漁があったとしても、方角を見定めることができなくて島へ帰れなくなるに違いなかった。

来る日も来る日も灰は島に降り積もり、木を枯らし、農場を埋め、地形を変えていった。灰から逃れることはほとんど不可能だった。西側の一部を除いて、島じゅうにそれは降り注いだからである。

太陽のない暗黒の日々が続いたために、非常に寒くなった。島のあちこちで季節はずれの雪が舞った。

「まさか！　白い灰だろう」

いくら北極圏に接しているからといって、信じられないことだった。だが、灰でない証拠にそれは確かに冷たく、掌の上で溶けて水になった。

「空が凍りはじめたのだ。陽光がさえぎられたために」

人びとは怖れ、おののいた。

雪でなければ、雹《ひょう》が来た。オレンジほども大きい塊が大量に叩きつけ、農作物を根こそぎ倒し、逃げまどう家畜を殺した。

たまに強い風が上空の噴煙を吹き払い、太陽が顔をのぞかせることがある。その太陽はまるで血塗られたように不気味に赤く見えた。

4

上空高く舞い上がった火山灰は、しだいに風に流されて、東のノルウェー海、あるいは南東の大西洋からヨーロッパへ向かいつつあった。

噴火の翌日には、デンマークからノルウェーへ向かう船に灰や軽石が降り、帆を打ち、甲板に積もった。

ノルウェーではいやな臭いがして塩辛い雨が降った。とくに雨が強かった地域では、木の葉が黄ばんで落ち、畑の野菜は全滅した。

産業革命勃興期のイギリス、さらに海を越えてオランダ、ドイツにも灰は落ちはじめた。スコットランド北部では灰と死の雨とで、農作物は壊滅的な打撃をうけた。

オランダやドイツには黒っぽい小石のような塊が毎日のようにたくさん飛んできた。火の中に投じると青い炎を出して燃えるので、硫黄を含んでいるとわかった。なんの情報もなく、どこで何が起きているのか、誰も知らなかった。

とくに人びとの注意をひいたのは、つんと鼻にくる硫黄臭のある、青みがかった煙、というより乾いた霧のようなものがあたりに漂い、いつまでも晴れていこうとしないことだった。

青い霧を通して見る太陽は、輪郭がぼやけ、ぼんやり白っぽかった。そして昇ってくるときと沈むときには、アイスランドの人びとが見たのと同じように、真っ赤な血の色をしていた。

やがて青い霧はフランス、イタリアまで広がった。独立間もないアメリカの初代駐仏公使ベンジャミン・フランクリンはパリにいたが、さすが凧《たこ》をあげて雷が大気中の放電現象であることを突きとめる実験をした科学精神の持ち主だけに、いちはやく空気の異変に気づいた。

「この青い霧はなんだ？　乾いていて、陽が高く昇ってもいっこう消えようとしないではないか」

彼はいぶかった。霧は濃く厚くあたりをおおい、太陽の光はさえぎられて、すっかり弱められてしまっているように見える。太陽光線をレンズで集光して紙を燃してみようとしたが、いつまでたっても火がつかない。

「こんなに光が弱い。この霧がいつまでも続くと、太陽の恵みは地上へ届かなくなってしまう。これから夏にかけて地上が熱せられるべき大事な時期なのに」

なぜなのか——フランクリンはあれこれ考えてみた。

宇宙の未知の天体が燃え、その煙がやってきているのか。

それとも、アイスランドあたりの火山が大噴火をして、その噴煙が漂ってきたのか。彼の推測の中には荒唐無稽なものもあったが、それでもアイスランドの噴火の可能性を見逃してはいなかった。

イギリス南部、ロンドンからさして遠くないセルボーンの副牧師ギルバート・ホワイトも、青い霧と天候異変に気づき、知人への手紙に書いた。

「驚くべき異常な夏で、恐ろしい現象が相ついで起こりました。びっくりするような流星、ものすごい雷鳴がわが国の諸州を震駭《しんがい》させたばかりではありません。ふしぎな霞というか煙のような霧が、幾週間となく英本土、ヨーロッパ全土、さてはそれ以外の地方までも立ちこめたのです」

ホワイトの日誌では、彼がその霧に最初に気づいたのは六月二十三日だった。ラキの噴火から十五日後である。

「真昼には太陽は、雲のかかった月のように白っぽく、大地や部屋の床に錆《さび》がかった赤褐色の光を投げておりましたが、とりわけ日の出、日没のときにはものすごい血のような色をしておりました」

田舎の人びとは不吉な予感におびえ、畏怖の念とともにこの赤い陰鬱な太陽を眺めていた。

ただ、噴煙でほとんど太陽が見えなくなったアイスランドと違って、イギリスでは急激な気温低下はなかった。むしろ、ラキ噴火の初期には、イギリス南部は異常に暑くなった。

「この間、ずっと暑熱はきびしく、獣肉は殺した翌日には腐ってしまい、ほとんど食用になりませんでした」

ホワイトもまた、的確にラキといい当てることはできなかったまでも、近くの国での噴火がこの異常な夏の原因ではないか、と思っていた。

「この間、イタリアのカラブリアとシシリー島の一部は、地震で爆発震動しました。ノルウェーの海岸では、海から火山が噴出しました」

その間にもラキ山周辺のクレーター群からは、いぜん膨大な噴煙が吐き出され続け、青い霧のかたちをとった塵になってヨーロッパじゅうへ広がって行きつつあった。

太陽の光はますます弱く、青白くなり、月のように肉眼で眺められた。夜空の星はほとんど見えなくなった。

ヨーロッパをおおいつくした青い霧は、偏西風に乗って東、あるいは南東へと広がり、噴火から三、四日のうちにアフリカ、アジアに達した。

日本の上空に届いたのはほぼ十日後、遅くとも六月二十日ごろである。さらに太平洋を越え、北米大陸をおおい、三週間で北半球をすっぽりと包み込んでいった。

一方、この塵は対流圏よりさらに高く昇って、成層圏へ入って行こうとしていた。その結果、北半球に何が起きることになるか、誰も気づいていなかった。

恐怖の山焼け

浅間

1

遠くアイスランドから流れ込んだ青い霧が日本の空にも漂いはじめて間もない六月二十五日、信濃と上野の国境にそびえ立つ浅間山（二、五六八メートル）が爆発した。浅間はすでにこの年五月上旬から鳴動しはじめていた。鳴動につれて戸障子を震わせるような地震があり、山頂からは煙が立ち昇った。

ふもとの村の人びとは、ラキ周辺の農夫たちが初めのうちそうだったのと同じように、さして気にしたわけではない。古来浅間山は富士山と並んでもっとも名高い火山であり、つい六年前にも活発な噴火をしたばかりだったからだ。

過去の噴火はときとして激烈で、あたりの山を焼きつくし、降下した礫砂が上野国の田畑をことごとく埋めた、といういい伝えがある。しかし、必ずしも火煙を吐くたびに大惨事をもたらすわけではないことが、人びとになれの気持を起こさせていた。

この年五月上旬の活動も、なにごともなくじきおさまった。ところが、あたかもラキの大噴火に眠りをさまされたかのように、再び鳴動が始まった。そのときになっても人びとは、それが浅間山にとって歴史時代に入って知られる限り最大、かつ最悪の噴火の前触れだとは、夢にも思っていなかった。

ラキと浅間とは、まったく異なった火山帯に属しているので、両者の噴火にはなんのつながりもない。同じ時期に活動を始めたのは偶然であり、いわば自然のいたずらである。だが、いたずらにしては、あまりに壮大であった。

六月二十五日は夜が明けるころから、ごろごろと石臼をひくような、腹に響く音がした。それがしだいに激しくなり、爆発したのは午前十時ごろである。

噴煙は五月上旬のそれよりはるかに大量で、しかもとぎれることなく高く噴き上がっていった。立ち昇った煙は西寄りの風に流され、山の東側の軽井沢に石や灰を降らせた。

翌二十六日以降、噴煙はますます勢いを増し、さらに東方の松井田、高崎あたりにまで灰が降ってくるようになった。

灰をかぶった草木はすっかり白くなり、馬に草を与えるのにまず洗ってやらなければならない。蚕のための桑の葉もまっ白だった。

「これでは、今年の繭《まゆ》はあまりよくねえの」

灰落しに追われながら、人びとはいい合った。

田植えをすませて育ちはじめた稲にも、畑の野菜にも、灰は間断なく降り注いでいった。

七月に入って噴煙は少しおさまってきたように見えたが、十七日夜八時ごろ大爆発が起きた。このときはあたりが暗くなっていたせいもあって、山頂から火がほとばしり出るのがはっきりと認められた。

火口から十キロも離れたふもとの村々に、灰だけでなく砂、小石が降り、たちまち十センチほどの厚さに積もった。農作物は石に打たれ、あるいは埋められて壊滅状態になり、馬に洗ってやろうにも草はもう見えない。

十日たったころ、地を揺るがしてまたも大噴火が起き、火口から赤い雷がひんぱんに走り出た。火山礫がこすれ合って静電気が発生し、そのために起きる火山雷であった。

黒煙はいっそう太さを増している。ようやく事態の重大さに気づいた人びとは、轟音の響くたびに冷汗を流し、いまにも気絶させられるのではないかと、身の毛のよだつ思いにかられだした。

そんなさなかの七月二十九日アイスランドでは、ラキ山の北東側に新しく五十個近いクレーターがいっせいに口を開いて火を噴いた。南西側のクレーター群からの熔岩の流出はもう止まっていたが、今度は新しい地割れからの流出が始まった。ラキ山のふもとから南東へ走る氷河の川床に入り込んだ熔岩流は、この前南へ向かった流れと同じように周囲の農場を呑み込みながら、猛烈な水蒸気と煙をあげて海岸線へ向かった。

クレーター群から真上へ噴き上げる硫黄臭い煙と灰、石。島の空はいっそう暗くおおわれ、噴煙はやがて青い霧になって、とめどなく東方へ向かう。

ラキと浅間と。北半球の西と東で、まれに見る大規模な噴火が複合して始まっていた。

2

陸奥では七月に入っても、いぜん雨の多い、冷たい日々が続いていた。

南部領八戸は、南岸に横たわる梅雨前線からは遠いために、例年ならこの時期でもそれほど雨は多くないのだが、今年はまるで陽が射さず、ひんやりした山背風が吹く雨模様の日ばかりになった。

七月一日曇、二日も曇で冬のように冷たく、三日は朝から雨。四、五日は晴れたが北風で身を切られるほど冷たかった。

六、七日は曇、八、九、十日雨、十一、十二日大雨。

十三日から十六日まで雨で、寒さは真冬を思わせた。

そして十七日大雨、十八日雨……。

人びとは綿入れを着、あるいは重ね着し、足袋《たび》をはいていた。二十一日の午後に少し晴れたとき、初めて夏の単衣《ひとえ》に着替える人がぽつぽつあっただけである。土用のころには例を見ない寒さであった。

その後も雨は続いて寒く、畑の豆、茄子《なす》、胡瓜《きゅうり》などは育ちきれずに相ついで枯れしぼんでいった。やむなく農夫たちはその根を引き抜き、急いで代わりに大根や菜の種を播いた。だが、それも育つかどうか、あてはなかった。

稲は田植えされたばかりのように背丈が低く、まったく葉も根も張らず、ひょろひょろと雨に打たれるばかりだった。

七月の生育期から八月の成熟期にかけて、稲は平均気温摂氏二十度を必要とする。当時の人びとは気温を測るすべを知らなかったが、桜が咲くころの平均気温が摂氏十度である。桜が過ぎて、綿入れを単衣に着替えるのは、平均気温摂氏十五度のころだろう。とすると、まだ誰もが綿入れを着たままだったのだから、この年七月の平均気温は十五度に届いていなかったはずである。これでは稲は生育できない。

「雨年に豊作なく、旱魃《かんばつ》に不作なし」

東日本の人びとは、古くからそういい伝えてきた。

南方系の作物である稲にとって、西日本では概して暑さは十分だ。こわいのは水不足、すなわち旱魃で、雨が少ない年には西日本では不作になりやすい。

他方、寒冷な東日本では、まず必要なのは日照とそれに伴う暑さである。連日の雨で平均気温が上がらないと、必ず凶作になる。旱魃が起きるくらいのかんかん照りを、東日本の農夫たちはいつも待ち望んできた。

そして山背風。オホーツク高気圧から海を越えて吹き降ろしてくる冷たい北東風が、雨で上がらない平均気温をいっそう押し下げる。

「飢饉は海から来る」

陸奥の人びとは、そういって山背風をおそれた。

この年、オホーツク海のブロッキング高気圧はおそらく異常に強く発達し、かつ長期間居すわっていた。これが、陸奥に冷たい雨と風がいつまでも続くもっとも根本的な原因だったと思われる。その間に、浅間山から噴き上げられたおびただしい火山灰は偏西風に乗り、信濃から北東、あるいは南東方向へ運ばれて、各地に降下しはじめていた。

武蔵、下野、常陸。そして越後、出羽。むろん江戸市中にも灰が舞った。

冷たい陸奥の空に初めてそれが降ってきたのは七月二十七日である。この日仙台は雨だったが、小やみになると灰の落ちてくるのがはっきり認められた。

会津でもこの日から降りだした灰が道に白く積もり、歩くと足跡がついた。茄子や夕顔の葉も白く変わり、多いところでは三センチの厚さに積もった。

南部領沢内では翌二十八日から、土か砂か見分けがつかないようなものが落ちてきた。やはり南部領で太平洋岸の大槌では二十九日朝から灰が降りはじめ、やがて雨になったために、家の屋根や草木は白い水を打ったように見えた。

降灰とともに、遠雷がとどろくような鳴動が各地に起きていた。

信濃からはるかにへだたった日本海側の金沢でも、七月二十八日朝から大小の響きが連続して聞え、四日間続いた。

「雷ではないぞ。山が鳴るのだ」

人びとはいい合った。どこの山が鳴っているのかはわからないまま、鳴動はしだいに激しくなり、三日目には戸障子ががたがたいい出して女子供をおびえさせるまでになる。

四日目の未明には山鳴りはさらに大きくなった。眠りを覚まされた人びとはおびえ、家の中にはいられなくなって庭へ飛び出した。

3

浅間山はもはや休むことなく連日火を吐き、猛烈な黒煙を噴き上げていた。それにつれて鳴動も降灰もいっそう範囲を広げ、かつ激しさを増していった。

八月に入って、真っ赤に焼けた噴火口から巨大な火山弾が間断なく飛びはじめた。夜、山腹を転げ落ちる火山弾は、数万の松明《たいまつ》を並べたように明るく鮮やかに見えた。硫黄が燃えるために、妖しい青光が入り混っている。

山麓に落ちた火山弾は野火を発し、あたりを一面の火の海にした。

すさまじい鳴動を伴って火山弾が空高く噴出するとき、火石の間を稲妻が走って火山雷がとどろく。

空から地まで火におおわれつくし、もはやこの世は燃えつきて終わるのかと、追分、沓掛《くつかけ》あたりの人びとは神棚に灯明をあげて夜通し祈るほかすべを持たなかった。

飛んできた石が屋根を打ち、家は揺れて戸障子、唐紙が吹き飛ぶ。そのたびに人びとはこけつ、まろびつ、天が裂け、地も砕けるかと怖れおののいた。

「魔物の仕業じゃ。撃ち取ってくれる！」

銃を手に猟師のひとりが狂ったように戸外へ走り出し、山の頂へ向けて弾丸を放った。

銃声は山があげる唸《うな》りに呑み込まれ、こだまさえ返らなかった。

眠れぬ夜を腰が抜けたように過ごした人びとは、いまはこの地を見捨てるほかないと家財をまとめ、夜明けとともに村から逃げ出しはじめた。

鳴動は日を追っていっそう激しく、関東一円はむろん、遠く蝦夷《えぞ》松前、佐渡、八丈島、さらには京、大坂まで響き渡った。

各地の大名は八方へ使者を出し、どこで何が起きているのか、情報収集を始めていたが、旅の者から噂を聞き、あるいは自ら噴煙を認めた使者たちが、ぞくぞくと浅間山麓へ集まってきた。

噴煙は真っ黒な綿を繰り出すように途切れることなく、数百、数千丈の高さに噴き上げてあたりを昼も暗くし、東へ流れて行く。その直下にあたる軽井沢では、すでに一メートル五十センチもの高さに積もった砂や灰の上に、いまは樽ほどもある火石が飛来していた。砂で潰れた屋根は当たった巨石でたちまち火を発し、数十軒が焼かれた。

夜のような闇の中を逃げまどう人びとは頭に戸板や布団を乗せていたが、火石の直撃を受けて若い男が一人即死した。噴火このかた、各地を通じて初の犠牲者であった。

火石に打たれた牛馬はおびえ、砂を蹴たてて走り回る。野を焼かれて行くところのなくなった狼や猪がこれに加わり、互いにぶつかり合う。その咆哮《ほうこう》が逃げる人びとをいっそうの恐怖に包み込んだ。

碓氷《うすい》峠の熊野神社は軒下まで砂で埋まり、そびえ立つ大樹は飛ぶ火山弾に枝を折られ、皮をむかれて、枯木のようになっている。あたりの村落の家々は、一メートルを越える降砂につぎつぎ潰れていく。

松井田、安中では六十センチ、さらに離れた高崎でも四十五センチの高さに砂が積もった。安中では四軒の家が潰れ、一人が死んだ。

風下にあたる上野、下野では、農作物は砂と灰をかぶってほとんど全滅していた。降砂、降灰はさらに武蔵、上総、常陸の国々に及んでいく。熊谷、鴻巣《こうのす》、蕨《わらび》、板橋のあたりまで、空は暗く、地は一面に真っ白だった。日中も暗闇のようなので、提灯がなければ隣家へも行けない。

江戸でも八月三日から西北の方向に鳴動が続くのが終日聞えた。灰が空中に漂い、夜が明けてもほの暗い。積もった灰は霜がびっしり降りたように見えた。灰はしだいに大粒の焼砂になり、粟かキビほどもある。それに混って、白あるいは黒色の馬の尾のようなものが降ってくる。火山毛であった。

そんな中で八月四日、前日までの百倍も大きいかと思える山鳴りと、千倍も激しく伝わってくる地揺れの中で、ついに火口から熔岩がほとばしり出た。火砕流の発生である。

浅間山頂の火口壁は、北側の部分が欠けて低かった。地底から湧き上がってきた高温でさらさら乾いた性質の熔岩は、この低い部分からこぼれ出して山肌を削りながら流れ、上野国側の六里ケ原一帯をたちまちのうちに火の湖にした。

六里ケ原は楡《にれ》や樅《もみ》の古木が生い茂った広大な森林帯だったが、烈しい煙を上げながら木々が焼かれ、鹿や犬が逃げ場を失って焼死していく。

空はますます暗く、石が雨のように降ってくる。伊勢崎あたりでも、真っ暗な日中稲妻が走り、雷鳴が絶えない。道を急ぐ人びとがかぶった笠を、降砂が雨霰と打つ。

加賀の金沢では、山鳴りがさらに大きくなった。家は揺れ、戸障子が外れる。いたるところで、おびただしい人びとが、この世の終わりの予感におびえていた。

4

八月五日、浅間山は相変わらず唸りを生じながら周囲を揺すぶり、火柱と黒煙を天空の彼方へ噴き上げていたが、昨日火砕流のあった北麓側の空には煙がなく、よく晴れていた。

幸い前日の火砕流は、六里ケ原を焼いて山頂から直線距離にして八キロほどのところで止まり、それより北の麓《ふもと》に寄った村々には被害を与えていなかった。山頂の北十二キロほどのところにある鎌原《かんばら》村では、久し振りによく晴れた夏らしい空に、誰もがほっとひと息つく思いだった。

もともと西寄りの強い風で噴煙と灰砂は南東麓の軽井沢方面へ向かうので、北麓の鎌原の人びとにはいくらか花火見物気分で今度の噴火を眺めるゆとりがあった。

鎌原のさらに北、浅間から約二十五キロの草津温泉は、噴火の期間を通じて物見高い湯治客でふだんにない賑《にぎ》わいを見せている。生きた心地のない南東麓に較べたら、北麓はまだ安全地帯であった。

ただ、鳴動は同じだし、巨大な火石は風にかかわりなく北側へも飛んでくる。そこで鎌原の人びとは家財道具を焼かれないよう土蔵に移し、自分たちもその中で寝ることにしていた。

前日の火砕流には肝を冷やしたが、それもどうやら、ここまでは来ないらしい。朝から村人たちは、畑に飛んできたままになっていた石を片づけたり、あるいは涼しい早朝のうちにひと仕事すませて、土蔵でちょっと早い昼寝を楽しんだりしていた。

ひときわ激烈な鳴動が地底から突き上げると同時に、大噴煙が上がったのは、午前十時ごろである。直径一センチの軽石が上空一万八千メートルまで吹き上げられるほどの、おそるべきエネルギーの放出であった。それに伴って、風下側の降砂、降灰は前にも増してひどく、かつ範囲を広げていくに違いなかった。

いよいよこれで浅間山も焼け崩れるのか、と北麓から眺めやっていた人びとは、突然、頂上から下のあたりに川霧のように白いものが湧き、こちらへ向かって流れてくるのに気づいた。

「雲とは違うようだが――」

「さわ、さわ、音がする。茶釜の口から熱湯が吹きこぼれるような音じゃ」

そういっている間に、川霧のように見えたものは数百メートルのもうもうたる水蒸気の煙になって山肌を下り、それに続いて黒煙が走り下ってきた。

ばち、ばちっ――すさまじい音が山腹に響き、黒煙はいっそう高く、かつ広がって、猛烈な早さで鎌原村目がけて押し寄せてくる。

昨日六里ケ原へ熔岩をほとばしらせた火口壁のあたりから、新しい火砕流があふれ出たのであった。白い水蒸気煙は噴出する熱水から上がったものだったし、黒煙は燃える熔岩そのもの、あるいは熔岩に押し倒されながら焼ける木々から発していた。

山肌の土や岩は高温の火砕流に削り取られ、焼け焦げて煙を立てながら斜面をなだれ落ちてくる。毎秒百ないし百五十メートルの猛スピードであった。

火口壁をほとばしり出て十分ほど、村人たちが気づいてからはあっという間に、火砕流は麓の鎌原村に達した。しかも幅数キロにわたる巨大な火の帯である。逃れようはない。

村の九十三軒の家はすべて、火砕流の下に埋められた。焼けた家もあったが、それより熔岩に削り取られて滑るように押し寄せた土砂に呑まれた家々のほうが多かった。土砂は、二メートルから十メートルの厚さの下に、家々を埋め倒したのである。畑に出ていたものも、土蔵で昼寝していたものも、残らず埋められた。五百九十七人の村民のうち、たまたま用があって村にいなかったものと、一部の幸運な人びとを除いて四百六十六人が瞬時に死んだ。二百頭いた馬も、百七十頭が失われていた。

一部の幸運な人びと——それは、火口から舌状に広がって走り下った火砕流の、ふちの側にいた村人であった。舌の中央部では、火砕流の流下スピードがあまりに速いので逃れることが不可能だが、ふちの部分ではじわじわとゆっくり流れる。そのために、土砂が山から押し寄せてきた、と気づいてから逃げることができたのだ。

火砕流の西のふちにいて異変を知った人びとは、とっさに村の観音堂めざして走り出した。小高い丘の上にあり、十メートルもの高さに猛り狂って寄せる山津波にも安全と思われたからだった。

息せき切って堂下の石段へたどりついた人びとは、ほとんど這うようにして五十段ほどある石段を上へ、上へと逃げた。

その間にも火砕流は家を埋め、田畑をめくり取りながら、じわりじわり幅を広げて押し下る。その端の部分が、石段へ近づいてくる。

数十人の村人が無事丘の上の観音堂へ逃げ込んだが、最後に石段下へたどり着いたのは、老女を背負った若い女だった。二人は麻衣を着、老女のほうは飛んでくる石をよけるために頭巾をかぶっていた。

若い女がようやくの思いで最初の石段に足をかけた瞬間、牙をむいた土砂が背後から襲いかかった。

女は石段に向かって倒れ、背負われていた老女も投げ出される。その上へ、土砂がどっとおおいかぶさって、たちまち二人の姿は見えなくなった。

なおも火砕流は観音堂がある丘へ押し寄せ続け、石段を上から十五段残したところでようやく止まった。

その間、命からがら上まで逃げてきた人びとも、いまに観音堂まで埋めつくされてしまうのではないかと、生きた心地はなかった。

ついさっきまで緑一色だった村が、いまは赤黒い火石と土砂の下になって様相を一変していた。屋根は一つも見えず、神社の大木が根こそぎ折り取られて煙をあげている。そのわきを、巨大な岩塊が毬《まり》のように飛ぶ。

そんな異様な光景を、観音堂で抱き合ったまま人びとは、ただぼんやりと眺めていた。

5

火砕流の支流が近隣の村々を襲い、同じような惨劇をもたらす中で、鎌原村を埋めた本流はなおも北へ走り下って、吾妻川《あがつま》へなだれ落ちた。

吾妻川は両岸が険しく切りたつ深い渓谷である。岸はいたるところで下をのぞき見るのさえ恐ろしいほどの断崖となり、水は岩を嚙んで流れ下っている。まだ赤く燃えたままの熔岩は、大量の土砂とともに轟音を立てながら断崖の上から谷底へ滝のように落ち、水とともに流れ下って行く。

山あいを曲りくねって続く渓谷には、くびれたように細くなった部分がある。そういう個所で熔岩と土砂はつかえては止まり、しばらくすると後から押されて、またどっと流れはじめる。それを繰り返すうち、ついにくびれ部分での土砂の堆積があまりに膨大になりすぎて、川のその個所に巨大な堰《せき》が出現することになった。

上流からの水はここでせき止められ、どんどん水かさを増してふくれ上がる。両岸は岩盤でできた絶壁なので水は逃げ場がなく、巨大なダムのように満々と貯えられる。

やがて水は、川の上流でも断崖の上部を洗うまでに満ちてしまい、ついに逆流をはじめた。上流にあたる村々を縫っていくつもの小さな支流が吾妻川に流れ込んできているのだが、ダム部分から逆流した水はこれら小河川へと押し込みだしたのである。

「おかしいな。今日は朝からいい天気で雨は降っていないのに、逆水が来るとは……」

さっきまでさらさらと澄んだ水が流れ下っていた小川に、濁った水が上がって来るのを見て、村人たちはいぶかった。雨で水かさが増した日に川に土砂や流木がつまると、逆水が起きることはある。だが、晴れた日にそんなことのあったためしはないのだ。

おかしいな、といっているうちに、逆水はぐんぐん水位を増し、一方で上流からの水はおかまいなく流れてくるので、村々の小河川の堤防は持ちこたえきれなくなり、いたるところで決壊して洪水となった。

濁流が田畑に流れ込んでたちまちのうちに作物を埋め、人家の床下に迫る。

「出水だ！　家財を二階へ上げるんだ」

「女子供を高いほうへ逃がせ！」

支流に沿った村々で、思いもかけぬ出水騒ぎがいっせいに起きていた。

道を歩いていたり、農作業のさなかに突然足元へ水が来たために、手近な大木に登ったまま降りられなくなった男たちがいる。

髪でも洗っているところへ水が来たのだろう、腰巻ひとつで家から飛び出し、狂ったように逃げ回る女がいる。

水は引くどころか、じわじわと押し寄せ続け、村々の田畑を呑みつくし、人家の軒に届くまでになった。

「屋根へ上がれ！　何もかも捨てて上がるんだ」

牛馬はもう立っていられず、濁流の中を泳いでいる。

高い丘の上へ逃れたはずの女子供たちにも水は襲いかかり、流されるものが出はじめて、悲鳴と絶叫があがる。逆水が来はじめてほんの一時間足らずの間に、村々は地獄の海になっていた。

と、すべてを呑みつくしたのを見定めたかのように、突然水が引きはじめた。それも、来るときのじわじわした緩慢さと違って、猛烈な勢いで引いていく。鎌原村下流のくびれ部分にできていた堰が決壊したためであった。

破れた堰からは、貯まりに貯まった膨大な水が激しくほとばしり出る。それにつれて、支流沿いの村々をおおった水もいっせいに引き出したのだ。

どの村でも水は、引く、というより、見えない力によって吸い出されて行くようだった。吸い出される泥水は激流となって渦を巻き、家や土蔵を押し流し、大木を根こそぎ掘り取り、女や子供、牛馬を呑み込んだ。

木にしがみついた男は、そのまま泥流の中を流されて支流を下り、吾妻川のただ中に放り出された。そのわきを、腰巻ひとつの女が屋根にしがみついて流されて行った。

自然はときに人知を超えて、信じられないことをやってのける。

6

押し下ってきた火砕流が吾妻川をせき止め、逆水によって上流に洪水をもたらしたこと自体、予測もつかない出来事だった。そのうえ、いまはその堰が上流に貯まりすぎた水の負担に耐えられなくなって切れ、真昼の洪水となって下流沿いの村々に襲いかかったのである。

土砂を溶かし込んで真っ黒な水が、怒濤《どとう》となって断崖の間を下る。浅間の山肌を滑り降りてきてまだ燃えている巨岩が、絶壁に激突して火花を散らし、水蒸気を上げる。出口のない断崖の間を、空へ向かってあふれるような勢いで走り下った泥水は、絶壁の低い部分では容赦なく野へほとばしり、川沿いの村々を浸した。田畑を洗い、人家を呑む。ここでも、起きるはずのない洪水に不意を襲われて、なんのことかわからないまま、多くの人びとが水にさらわれていった。

川幅の狭くなったところでは、押し下ってくる土砂がつかえて新しい堰ができる。すると濁流はまた逆流をはじめ、支流の小河川に洪水をもたらす。そして、その堰が切れると、人馬や家々を吸い出して再び吾妻川を下る。そうやって濁流はエネルギーを貯め、いっそう狂暴になる。

鎌原村から三十キロほど下流でも、まだ赤く燃える巨岩が濁流の間にのぞき、水面にもうもうたる水蒸気を立てていた。なかには絶壁の間から火石が転がり落ちてきて、家を焼かれた村もある。

火石や土砂がしだいに沈むと河床は高くなり、それだけ水位が上がって氾濫《はんらん》しやすくなる。あちらの村で三十軒、こちらで五十軒、と家が流され、人馬が失われていった。やがて吾妻川が中之条を過ぎ、渋川に近い平野へ出ると、絶壁はなくなって両岸が開けてくる。川幅は広くなり、低い堤があるだけになる。狭いところを無理矢理通らされてきた濁流には、好都合で、黒い水はいっぺんに左右に広がり、思う存分暴れ回りだす。橋は流され、村々の家は残らず水に浮いていった。

吾妻川は渋川地先で利根川に合流する。東進してきた濁流は利根の本流に流れ込み、これに沿った村々を水浸しにしながら南下しはじめた。

前橋へさしかかったのは午後一時ごろである。朝十時に火砕流が発生して三時間後であった。このときになってもまだ、火石は水蒸気をあげていた。そのために人びとは、煮え立った黒水が来た、と思った。

牙をむく濁流の間を、人馬の死体が流れて行く。大木につかまった男、屋根にしがみついた上半身裸の女。

「助けてくれ！」

「引っ張り上げてくれ、岸へ！」

流されていく人びとは泣き叫ぶ。だが、ようやくこのあたりで水勢は衰えてきているとはいっても、舟を出すこともできない。

岸にぼう然とたたずむ人びとの前で、溺《おぼ》れる者たちは火石に打ちつけられ、そのまま沈んで行く。

「ああ、なんという地獄か、これは――」

岸の人びとは涙ながらに合掌した。

利根川が上野と武蔵の国境へ近づくあたりで川幅はうんと広まり、もう洪水の恐れはなくなった。そして、川原にぞくぞくと死体が打ち上げられはじめる。

伊勢崎近くには、石、樹木、家財などがおびただしく流れつき、その間に、手足あるいは首をもぎ取られた男、女、子供の無残な死体が、牛馬のそれとともに横たわっていた。

濁流はなおも利根川を下り、はるか銚子から太平洋へ流れ出て、海を真っ黒に染めた。

一部は下総の関宿あたりで利根本流から分かれて江戸川へ流れ込み、江戸の海へ入って人びとを仰天させた。

河口に近い市川御番所の手前に中州があったが、ここに人馬の死体がつぎつぎ打ち上げられてくる。合戦があったわけでもなかろうに、といぶかりながら下小岩村の人びとが遺体を集めて墓所をつくり、供養碑を立てた。

幕府はただちに勘定吟味役の根岸九郎左衛門を吾妻川、利根川沿いの村々へ派遣して、被災の実態を調査させた。

その報告、あるいは地元の記録によると、火砕流と、それによって起きた洪水の被害をうけた村は、両川沿いで五十前後に達する。

流失または埋没した家屋は千戸を下らず、死者はもっとも少ない記録で千百二十四。多い場合には千六百二十四にのぼる。

火砕流発生前の長い噴火期間を通じて、降石による死者は軽井沢と安中のわずか二人にすぎなかった。だが、火砕流と洪水の地獄は、三時間ほどの間に広範な地域で千数百の生命を奪い去ったのである。

鎌原村を襲い、吾妻川に流入した火砕流の総量は、一億立方メートル、二億トンと見積もられる。

これだけの火石を吐いたあとも浅間山は、その日のうちにさらに新しい熔岩を押し出した。前より粘性が高く、流れにくい性質のもので、鎌原火砕流の西端と重なり合うかたちでやはり北麓へ流れ、火口から六キロほどのところで止まった。火煙がおさまったあとの熔岩は、黒灰色の岩塊として厚くかつ広範囲に堆積し「鬼押出し」と呼ばれることになった。

この鬼押出しを最後に、熔岩の流出は止まった。噴煙、鳴動もこの日をピークに鎮静化に向かいはじめたが、それでもなお浅間山は十月末まで黒い噴煙とともに砂と灰を噴き上げ、何十里、何百里の先に降らせ続けていった。

青い霧の下の騒擾

津軽

1

陸奥には相変わらず異常気象が続いていた。

相馬中村では七月末から八月にかけて、太陽が赤っぽく見えた。これは、青い霧におおわれたヨーロッパ各地で朝日と夕日が血の色をしていた、という事実を思い起こさせる。

仙台では八月十日、太陽が二つに見えた。輪郭がぼやけ、くっきり一つに見えないので、同じ現象はやはりこの夏のヨーロッパにあった。

アイスランドから偏西風に乗ってきた青い霧は、まぎれもなく陸奥の空をおおっているはずであった。そして、浅間山から日々大量に吐き出され、風下のこちら側へ降ってくるおびただしい灰。その二つが陸奥の上空で重なり合って、地上へ届くはずの陽の光をいちじるしく弱めていた。

そのうえ、オホーツク海に発達した高気圧はいぜん勢力が衰えず、冷たい風を送り込んでくる。陸奥地方はちょうど東西からの風の谷間に置かれたかたちになって、夏のさなかというのに、もう秋の終わりのような寒さだった。

八月八日朝、あまりの空気の冷たさに震えながら起き出してきた津軽弘前の人びとは、周囲の家々の屋根も、野山も、一面まっ白なのに仰天した。

「雪だじゃ！」

「不時雪が来たぞ」

だが、さすがにそれは雪ではなかった。びっしりと降りた霜であった。

雪と見まがうほど厚い霜は、一夜のうちに木の葉を萎《な》えさせ、伸びそこねたままの稲の葉を枯らし、畑の茄子や夕顔などをことごとくしぼませてしまっていた。

「ああ、なんもかも、これで終わりだじゃ」

「食うものがねえ。明日から食うものはねえぞ」

農夫たちは肩を落とし、町中は騒然としはじめた。

八月十四日、相馬中村でも霜が降りた。その日は快晴だったが、じき時化《しけ》模様になって非常に寒い日が続きだした。畑の野菜は縮むように腐っていき、木の実も大きくなろうとしない。

稲だけは、場所によってかえって例年よりよく生長し、葉幅も広く、菰《まこも》のように生い茂って見えた。だが、いつまでたっても穂が出てこない。青立ち、と呼ばれる状態で、秋の収穫は皆無と思われた。

南部領八戸では、性懲《しょうこ》りもなく冷たい雨が続いていた。

八月に入って二日朝のうち雨、三日夜中まで大雨、四日薄曇、五日村雨、六日沖曇、七日曇小雨。八日から十四日まで連日雨。十五日は朝からどんより曇って大寒冷の一日となる。翌日からまた降りだして十七、十八、十九日は大雨。

二十日、ようやく八月になって初めて晴れ間がのぞいた。待ちかねたように蟬が鳴き出し、人びとも浮き立つような気持で綿入れを脱ぎ、帷子《かたびら》に着替えた。

「ようやく夏じゃのう」

「今日は田の水も暖かだで。これだば、稲も実るべえ」

農夫たちは安堵の思いで喜び合った。

しかし、雨はまた翌日から無情に降りはじめ、ついに月末まで二度と晴天は戻らなかった。

2

アイスランドのラキから噴出して北半球をおおった青い霧の正体は、亜硫酸ガスであった。

ラキ噴火は、低い地面から多量の熔岩を流出させたのち、まだ火山性ガスを吹き出しながら続いていたが、噴出された亜硫酸の総量は六・三×一〇の七乗トンにものぼった。これがガス化して青い霧のように見えながら、いまも濃くアイスランドをおおいつくしている。火山灰ですでに埋もれかかっていた作物や牧草は、亜硫酸ガスにやられて全滅しようとしていた。

牛馬、羊はあさるべき草がなく、つぎつぎ餓死していく。農民たちは、激しい硫黄臭に眼や咽喉《のど》を傷つけられながら、幽鬼のようにはい回って口にするものを探した。

当時アイスランドはデンマーク領で、食糧を積んだ救援の船が送られてはきたが、灰と煙、それに霧のために港が探しあてられない。たまたま着岸に成功する船があっても、今度は積荷を陸送することができない。馬がいなくなっているからであった。

飲む水もなくて餓死しはじめる島民も出る中で、木々の葉も亜硫酸ガスで真っ黒に枯れていき、島からは緑がまったく失われた。

アイスランドの自然を壊滅させた青い霧はなおも東へ流れ、夏の間じゅうヨーロッパ、アジアをおおいつくしていた。

それまでに人類が知るかぎりもっとも大量の硫黄分が吐き出されたラキ噴火では、硫化水素もまたおびただしく大気中に漂い出ることになった。

そして、こうした硫黄分を含む火山ガスは、大気中の水分と反応して硫酸エアロゾルに変わり、上空高く昇っていく。青い霧よりもっとこわいのは、この目に見えない硫酸エアロゾルであった。

北半球の中緯度地帯では、地表から上空へ十キロメートルほどの範囲に対流圏が広がっている。この範囲で起きる大気循環が、気象や気候の変化を演出する。

陸奥地方に冷たい夏をもたらしているオホーツク高気圧は、この対流圏での大気循環に伴う一現象だ。また、青い霧がアイスランドから東へ流れるのも、対流圏での出来事にすぎない。

ところが、ごく微小な粒子である硫酸エアロゾルは、この対流圏をさらに上昇して、その上部に接する成層圏へ入り込む。いったん入り込むと、風がないためそこに居すわり、太陽熱を吸収しはじめる。そのために、対流圏を通過して地表へ届くはずの太陽熱は傘にさえぎられたように成層圏で止まってしまい、地表は冷えてくる。いわゆるアンブレラ現象で、硫黄分を大量に大気中に放出するような火山噴火のこわさは、ここにある。

かりに、地面に届く太陽熱量がわずか一パーセント減少しただけでも、地表の温度は摂氏一度下がるとされる。

ラキ噴火直後の夏の間、ヨーロッパではまだ顕著な気温低下は起きていなかった。むしろ六月から七月にかけては、セルボーンの副牧師ギルバート・ホワイトが記録したように、イギリスの夏は暑かった。

パリのベンジャミン・フランクリンも、冷たい夏になったとは思っていなかった。実際、この年七月の平均気温は摂氏二十一・四度と、当時のパリには珍しく二十一度を超え、前後十数年間の最高になっている。

だが、北米大陸では、すでに八月二十日ごろから気温降下のきざしが見えはじめていた。

「ニューポート・マーキュリー」紙のバーモント特派員はこぼした。

「いやあ、バーモント州の寒さったら、ないよ。地元の古老たちも、こんなひどい夏は初めてだといってる」

3

陸奥では、どうだったのだろう。八月八日弘前に、十四日相馬中村に降りた霜は、日本上空の成層圏も硫酸エアロゾルに汚染されはじめていたからなのだろうか。

そうだという直接の証拠はない。だが、それも原因の一つではあったかも知れない。異常に発達したオホーツク高気圧から山背風が吹き込んだから、というだけでは、夏の盛りに晩秋のような寒さが来た理由を十分に説明できるとは考えにくいからだ。

かてて加えて浅間山の降灰。これは確実に、陸奥を含めて風下にあたる地方の気温を低下させていたはずである。

ラキに較べて浅間の噴出物には硫黄分は多くはなかったが、細かい火山灰ははるかに大量で、しかもそれが二千五百メートルの頂上から上空高く吹き上げられていった。

ごく粒子の小さい火山塵は、数カ月から数年にわたって大気圏を漂い続ける。一部は成層圏まで入り込んで、硫酸エアロゾルと同じようにアンブレラ現象を起こし、太陽熱を奪い取って地表を冷やす。

その意味では浅間山の風下にあたる地域は、北半球でここだけ、硫酸エアロゾルと火山塵の二重の傘の下に入っていたことになる。

だが、たいていの火山灰はエアロゾルに較べればうんと粒子が大きいので、数時間から数日のうちに地表へ落ちてきてしまう。

それにしても、この年の浅間の噴火は史上最大級だっただけに、その活発な活動の期間を通じて、風下側が灰におおわれない日はほとんどなかった。

ただでさえ西日本より気温の低い陸奥で、単なる降灰にせよ、アンブレラ現象の結果にせよ、日照が極端に不足すれば、作物の生育に期待は持てなくなる。

浅間山は吾妻火砕流を押し出したのち、活動は穏やかになりつつあったが、それでも九月上旬になってまだ、相馬中村で雷鳴のような爆発音が聞えた。九月末に中村には、白い灰が雪のように降った。

九月のある日、奈良旅行中だった京都の文人橘南谿《たちばななんけい》は、用があって伏見へ行ったが、あたりが春霞に包まれたよりもっと濃く曇っているのに気づいた。雨が来るのかと空を見上げても、雲はかかっていない。

音羽山の峰は見えないし、奈良の大仏殿もぼんやりして、あれがたぶんそうだろう、と思う程度にしか見分けがつかない。

道ばたの木立は、黒っぽい影になって見えるだけで、松なのか杉なのかわからないほどだ。

「土降りじゃ」

そういって、道を行く人びとは珍しがった。

翌日も、翌々日も霞は去らなかった。太陽は輝きを失い、月のように淡く見えた。家の板敷は灰が積もったように白くなり、手でかき集めることができた。

霞は三日ほどで晴れたが、十月半ばにもまた陽の光が弱くなったことがあった。太陽は西に傾くと朱よりもっと赤く見え、子供たちは夕暮れどきになるとその珍しい光景を集まっては眺めていた。

アイスランド、そしてヨーロッパの人びとが見たのと同じ太陽を、京都、奈良の人びとも見たのである。

浅間から新しい灰が流されてきたためか、それとも八月の大噴火で対流圏高く舞い上がったものがいま落ちてきたせいだろうか。ともかくも、秋になって京都、奈良で太陽が輝きを失うほどおびただしい火山灰、火山塵が浅間からは放出されていた。

成層圏に届いた火山塵は、むろん西日本も傘の下に入れていた。京都、奈良でも気温は低下しはじめていたはずである。誰もそのことに気づいてはいなかったが。

4

話が一、二カ月先へ行きすぎた。津軽の八月へ戻ろう。

山野を銀白におおった八月八日の霜は、今年も凶作になるのではないかという人びとの春先からの不安を、まぎれもなく現実のものにした。稲、粟、稗《ひえ》から野菜にいたるまで、作物はすべて一夜のうちに立ち枯れ、秋の収穫を待つべくもなくなったのだ。

すでに津軽では前年の不作で十二万石余、表高を上回る損毛を出している。今年はもっとひどいだろう。となると、市中に米がなくなるのは決定的だった。

春先から上がり続けてきている米相場は、これを反映して暴騰した。もはや米を買えるような大衆はいなくなっている。いや、粟、稗も、青菜一束さえ手に入らない。今日食うものがない事態が、瘠せさらばえた人びとに襲いかかってきたのである。

人びとは、わずかに青い草を探しては摘み、味噌をまぶして口にした。味噌があればまだ幸せで、その貯えがないものはわらびの根を掘ってかじった。

飢え死ぬものが出た、という噂が、津軽領内のあちこちで聞えだした。

その間、弘前の藩庁は、領民の困窮に対してなんの手も打っていなかった。藩主津軽信寧は参勤交代で江戸にいたが、留守を預る執政は凡庸《ぼんよう》で、いたずらに手をこまぬき、むしろ事態を江戸の藩主に知らせまいとばかり腐心していた。

信寧のほうも、天候不順の噂ぐらいは耳にしていただろうに国元へ問合せさえせず、将軍家治に従って舟遊びや鷹狩りを楽しんでいた。

執政たちは、前年産米の積み出しだけには熱心だった。ちょうど端境期で、京からも江戸からも商人たちが、約束の米を送れ、といってくる。約束を違えれば、商人たちから前借しにくくなる。前借できないと江戸の殿様に金が届けられなくて、留守番はなにをしているのかと叱られる。それがこわい。

前年から倉に貯えられていた米が運び出され、三千俵、五千俵とまとめて船積みされて、青森港から江戸へ、日本海側の深浦、鰺ケ沢港から京へと送られていく。

その米俵の山を見るたびに、飢えた領民たちの目が血走り、歯ぎしりのあまり手足までわなわなと震えだすことに、執政たちはまるで無頓着だった。

凶作の年、ひいては飢饉が来るかも知れないと予想されるときには、各藩はいち早く商人たちが米穀を領外へ持ち出すことを禁じる措置をとるのが、この当時の慣例だった。

これを、穀留《こくど》め、という。

穀留めは領内の自給体制を守るための防衛的手段だったが、反面、凶作の範囲が広いときには近隣の諸藩も穀留めをするから、領内の米が足りなくなっても買ってくることができない、米の流通性が止まってしまうわけで、あたら金はありながら、領民に餓死者を続出させた例は少なくない。

この年の津軽藩は、早い時期に穀留めの自衛策に出るべきであった。事態を的確に判断できる藩主や執政がいたら、必ずそうしただろう。それを逆に、目先の金ほしさにどんどん積み出してしまったのである。

しかもその米の中には、年二割の利息をつける約束で農民に強制した貯米が含まれていた。いざ凶年になって、それを返すどころか、一粒残らず他国へ船積みされて行く。欺された、と農民たちの目が血走ってくるのは当然だった。

では、そうやって津軽から送られていく米が、無事江戸、上方へ届いたかというと、必ずしもそうではない。船はしばしば嵐にあい、難破して沈んだ。沈まないまでも、座礁すれば船は傾いて米俵が海中へ流出していってしまう。

廻船難破の報が伝えられるたびに、領民の歯ぎしりは激しくなった。自分たちの生命と引き換えに送り出される米が海の藻屑と消えるのは、耐えがたいことだった。それくらいなら、一握りずつでもいいから、どうして分け与えてくれないのか。

米の値段が高くなってからは、けしからぬ噂も伝わってくる。船頭たちが、船が吹き流された、という口実で途中の港へ米を荷揚げし、売り払って懐を肥やしている、というのだ。聞くにつけ領民たちの憤りは、煮えたぎるようだった。

藩庁の役人や大商人たちは、そうした領民の憤りにも風馬牛《ふうばぎゅう》だった。それどころか、結託して藩庁御用の船にひそかに私米を積み込み、江戸、上方で売って莫大な利益をむさぼっていた。

ついに青森の窮民たちは集まって相談し、町奉行七戸長蔵にあてて願いを差し出した。

「近くまた港から二百石積みの大船が江戸へ向け出帆するようでございますが、なにとぞその米は当所に留め置き、町々へお払い下げ下さいますよう」

というのであった。ただでくれ、というのではない、主だったものが金を出し、みなに配るから、市中相場より高い値段でもかまわない、とまでいった。

だが、再三の願い出に町奉行は取り合わず、船腹いっぱいに米俵を積み終えた大船は出帆しようとする。

人びとの憤りは爆発した。

「その船を出させるな！」

「積んだ米は、もとはといえばおらたちの貯米だ」

「海に潜っても留めよ！」

数百人の男どもが、まさにもやい綱を解こうとしている船へよじ登り、暴れ込んだ。必死の形相に船頭や水夫たちは怖れをなし、多勢に無勢と陸へ逃げる。

このときになって初めて町奉行は、ことの次第を弘前の藩庁へ報じた。

「不届きな雑人どもめ。人をつかわし、早く鎮めよ。違背に及ぶなら、縄をかけよ」

執政は声高に命じたが、さすがに取りなすものがあって、青森に救貧小屋を建て、困っているものには米を給付することにした。

これでともかくも騒ぎは一時おさまり、その間に二百石を積んだ船はこっそりと出港していった。

このころまでに津軽から積み出された米は、江戸、上方へそれぞれ二十万俵ずつ、計四十万俵にのぼっていた。

5

津軽一円で、農民たちは農作業を放棄しつつあった。植えた稲が冷気に立ち枯れてしまったいま、草取りをしても意味はないのだ。

畑の大根から、あたりの草の根、来春播くはずの種籾まで食いつくし、もはや口にするものもない人びとは、家を捨てはじめた。

「伊勢参宮に行きますだ」

「ちょっと、親戚のものの病気見舞いに秋田まで……」

そういう口実で碇ケ関の関所を通り、領外へ出て行くものが昼夜ひきもきらない。金木、木造あたりの村では、空家のほうが目立つようになっている。田園は急速に荒廃に向かっていた。

百姓は日ごろ耕す田を離れてはならない、と決まっている。したがって関所の代官は、本来なら通行するものを厳しく吟味する。しかし、

「捨てておけ」

というのが藩庁の指示であった。生産力に逃げ出されることは、先のことを考えると損だが、ともかくも領内に食うものがなくなったいま、去るものがふえればそれだけ藩庁としては面倒を見る手間が省ける理屈であった。

「秋田へ行けば、食える」

農民たちは囁き交わし、ぞくぞくと隣国へなだれ込んでいく。経験的に彼らは、陸奥が凶作でも出羽から越後へかけての日本海側は必ずしもそうではないことを知っていた。夏の冷たい北東風は奥羽山脈にさえぎられて日本海側へは届いてこないからで、現実に前年からこの年にかけて、出羽と越後はさして不作ではなかった。

ぼろをまとい、瘠せさらばえた身体を杖にすがらせて入ってくる難民たちを秋田側は不憫《ふびん》がり、粥《かゆ》を与えた。

そうと噂が伝わると、いっそう津軽を離れようとするものがふえる。一時しのぎの薄い粥でも、ともかくありつきたいのだ。碇ケ関の関所には、老若男女数百人の列ができるまでになってきた。

そうなると藩庁でも隣藩の手前、捨てておくわけにはいかなくなる。急ぎ役人が派遣され、

「弘前まで戻れば粥を与える」

という約束で連れ帰った。

ほどなく弘前には御救小屋が二軒建てられ、飢えた人びとへの粥の炊き出しが始まった。水一合が入るくらいの容器に、一人二杯ずつの粥。ほんの口を汚す程度にすぎないが、それでも千数百人が群れた。

一方、青森では、さきに二百石船に暴れ込んだ町民たちを中心に、ひそかに暴動の相談が行なわれていた。町中の大商人たちは、多くの飢えに苦しむものたちをよそに、米から粟、豆、味噌にいたるまで買い占めを図っている。そのうえ一部は藩役人と結び、御用船で内密の米を積み出しては暴利をあげている。

「町々ごとに、それら悪徳商人をこらしめるのだ」

町民たちは決起の趣意を確かめ合った。

「貯えた米その他を安値で売り出すよう、まず説くのだ。拒むなら踏み込め」

「われらは盗賊ではない。米一粒、青菜一枚、奪ってはならぬ」

6

八月十七日夜、示し合わせた時刻にいっせいに蜂起した町民の数は、三千八百にのぼった。

鉢巻に股引姿の暴徒は、まず鍛冶屋、古物店へ押し入り、鳶口《とびぐち》、斧、鎌、槌《つち》などを奪い取って武装し、目ざす大商人の店へ押しかける。

問答の埒《らち》があかないとなると、戸を破って踏み込み、家の柱を切り倒し、壁を打ち砕く。蔵を押し破ると米や豆の俵をかつぎ上げ、表の通りへ放り出す。

酒屋へ押し入った連中は、樽を壊して酒をあたりにあふれさせ、味噌、醤油を投げ込んだうえへ小便をかける。高価な絹の衣装を引っ張り出し、積み重ねると、便所から糞を汲んでぶちまけた。箪笥《たんす》を砕き、中からこぼれる金は便所へ放り込む。

「金子を奪うなよ。盗む奴は縄にかけるぞ」

頭《かしら》だつものの声が飛ぶ。

しがない物売りや大工、農夫たちの集団ではあったが、彼らはこの騒擾《そうじょう》を、やむにやまれぬ義俠《ぎきょう》心に似た感情から起こしていた。金や物を取ることはいっさい目的としていない。

味噌や醬油に小便をひっかけるのを、もったいない、といえば確かにそうだ。しかし要は、買い占め、売り惜しみをするとこういう目に会うぞ、ということを大商人に悟らせれば足りるのである。

一つ、また一つと、日ごろの恨みがこもる商人の家々を潰すたびに喚声をあげながら、暴徒の群れは疾風のように町を走り抜けて行く。

やがて、その声と家が壊される音とで、何が起きたかを知った商人たちは、表にあかあかと灯をつけて戸板を置き、大急ぎで炊いた飯を並べた。

「ささやかながら、召し上がるもののお支度がしてございます」

主人が表へ出て、もみ手しながらいう。

くれる、というものを食うのは盗みではないから、暴徒たちは一服する。手桶に汲んだ酒や、菓子を振る舞う商人もあいつぎだした。

元気をつけた群衆はなおも町中を走り回り、斧、槌を振るって商家を壊し続け、憎さのあまり屋根まではがす。潰された家は三十軒に達した。

そのころになって、窮民狼藉の報を聞いた町奉行七戸長蔵と川越九郎左衛門が、数十人の同心、足軽を率いて駆けつけてきた。

「やめよ、不届き至極。やめないと討ち取るぞ」

役人たちは抜刀した。刀を見れば、蜘蛛《くも》の子を散らすように逃げるだろう、と思った。

しかし、暴徒の集団は一人も逃げない。そればかりか鉢巻を締め直し、鳶口や熊手を構えようとする。

「以前から再三、飢えたものどもの難儀をお助け下され、貯米をお約束通りお返し下されと、お願い申してきておりますじゃ。一度でもお聞き入れ下さったか」

一人がいうのに、周りが口々に和した。

「聞かずにおいて、いまになって不届きとは、犬が笑う」

「そうとも。貯米を返せ。二割の利息をつけて返せ」

「さあ、切るなら切ってみよ」

町奉行たちは仰天した。民百姓が武器を手に逆らうことがあるとは、考えてもみたことがない。この前の二百石船のときも、おとなしく収まっているのだ。それが、今度ばかりは違う。

さあ、切れ、と詰め寄ってくる多勢の目がすわっている。単なる食いものの恨みを超えて、どうせ死ぬなら、飢えるのも、いま切られるのも同じ、という開き直りがある。

危ない、と感じて逃げようとした二人の町奉行は、打たれ、叩かれて傷を負った。足軽たちの中には、転がされて刀を奪われたものもいる。さんざんの体たらくであった。

勝ち誇った暴徒たちは、新しく加わるものも混え、翌日もなおも青森の町を潰し回った。弘前から鉄炮を持った武士八百人が駆けつけて、ようやく騒動が静まったのは翌々日の十九日であった。

ちょうどその日、今度は鰺ケ沢で、町民や百姓の蜂起が始まった。青森の騒擾を伝え聞き、同じように富豪の家を潰そうと、蓑笠に鎌、鍬《くわ》を持ったものたちがぞくぞくと集まってきた。

二十七日には深浦で、三百人ほどが数軒の商家を襲った。いずれも、米の積み出し港として栄えてきた町であった。

ひもじさに耐えかね隣国へ逃れようとするものの列と、飽食の特権階級に反抗を試みるものの群れと。

だが、その列も群れも、しだいに少なく、おとなしくなっていく。津軽にはいよいよ食うものがなくなり、人びとは歩くことも、まして戦うこともできず、ただやせ衰えて死を待つほかなくなったのである。

飢えた群れ

浅間・アイスランド

1

数十センチの厚さに積もった降灰、あるいは吾妻川の逆水にやられた上州側の浅間山麓の村々では、田畑の作物は全滅し、貯えた食糧も失われていた。

浅間の噴火活動は穏やかになりつつはあったが、いつまた巨岩を飛ばし、火砕流を発生させるかわからない、という恐怖が人びとを支配した。

もはや食うものがない場所にとどまるべきではない、安全なところへ逃げるのだ——

そういう心理状態におちいった人びとが多くの村で、つぎつぎ田畑と家を捨てる。

三十人、四十人と群れをつくり、幼い子や老人の手を引き、あるいは病み、傷ついたものを肩にかけて、食物がありそうな村へ流れて行く。

「水を、食うものを、くだされ」

「もう三日、何も口にしておりません」

裕福に見える家へ入って、流民たちは乞う。

しかし、被害が少ない近隣の村々でも、とてもよそ者を助けているような気分ではなかった。いつ自分たちが砂に埋められ、白昼突然の逆水に会うか、わからないのだ。

おそらく連日空をおおった厚い噴煙のせいで、上野でも信濃でもこの夏は異常に寒かった。ちょうど鎌原火砕流が発生した八月五日前後、信州佐久では真夏というのに、人びとは綿入れを着たうえ炬燵《こたつ》に入っていた。そのせいで米をはじめ作物の出来は極端に悪く、二百十日になって稲穂がようやく半分ほど出るような有様だった。凶作になることは歴然としている。自分たちの食うものも心配なのに、流民に炊き出してやる余裕はとてもない。

「出て行け！　この乞食ども」

乞食といわれて、流民たちは腹を立てた。ふだん真面目に田を打っている人びとである。それが思わぬ天災地変にあい、やむなく逃げてきたのだ。

空腹に立腹が輪をかけ、狂気に駆られたようになった人びとは、集団の威力にものをいわせだした。

「見殺しとは、無情なことよ」

「こうなれば是非はない。貯えを拝借するまでじゃ」

「そうとも。もう腹がへって動けぬ。どうせここで死ぬ身よ」

「死ぬつもりで米穀を残らず借りる。悪く思うな」

口ぐちに叫びながら暴れ込み、米、麦、大豆、手あたりしだい奪い取る。大釜を運び出して田の中にすえ、飯を炊いてむさぼり食う。

その間にも、あちこちの村からの流民の集団が筵《むしろ》を身体に巻きつけ、杖つきながらやってくる。飯を炊く煙を見た彼らの目は妖しく光りはじめ、あちらの家、こちらの家に襲いかかる。

村の男たちも、黙ってはいなかった。

「白昼押し入るとは、強盗どもめ！」

手に手に棒切れを持ち、大釜を囲んで食っている流民たちに殴りかかっていった。

だが、流民のほうも、ここで食えなければ餓死するだけだと腹を据えているから、逃げ出さない。棒を奪い取って殴り返す。田畑一面に入り乱れて大乱闘だ。あるものは頭を割られて死に、他のものは半死半生で倒れた。食いものをめぐる争いだけに、陰惨かつ執拗《しつよう》であった。

村々で同じような争いが広がるたびに、裕福な家ほど襲われ、略奪されていった。そしてついにその人びとまで、食うものが何もなくなって、みずから流民とならざるをえなくなる。

そうやって村々には、飢えた流民の群れがあふれるようになっていった。

2

流民たちはやがて上州松井田付近で一団となると、安中、磯部あたりの米穀を買い占めているとみられる商人を襲撃しはじめた。十月二十三日であった。

中山道横川関へ出た一揆勢は、途中で打ち壊しと腹ごしらえをしながら信州へ入り、軽井沢、追分を押し通る。人数五百人ほどで、顔に煤《すす》を塗って人相がわからぬようにし、汚れたぼろに、斧、掛矢をかついでいた。

「信州で米を買い占めているものを打ち潰し、米の値段を引き下げる。村ごとに加勢を出せ。でないと火をつけるぞ」

回状をまわして勢力をふやしながら、佐久平野へ出て千曲川を渡り、乱暴狼藉を続けていく。富豪の箪笥、長持を潰して衣類を踏みにじり、屏風や膳椀を叩き壊し、寺の本堂まで打ちくだいた。

米を炊き出し、酒を振る舞うものがふえて、ますます意気上がる。野沢へ入った二十八日には総勢三千人にふくれ上がっていた。

やがて一揆勢は小諸の城下町へ入ったが、小諸藩はこれを討とうとせず、通るにまかせた。武装というほどのことはしていなくても三千と数がまとまると、武士の側も手を出しにくかったのである。

勢いに乗った無頼の民は千曲川沿いの村々で商人の家に火をつけるなど、ますます激しく暴れ回る。その勢いを人びとは怖れ、あるいはひそかに痛快がった。飢えから民を救う世直しの神のように受け止め、進んで群れに身を投じるものも少なくなかった。

「上田の城下町を潰すつもりじゃ。そのあとは善光寺、松本へ向かうぞ」

信濃一円に噂が広がっていった。噂が大きくなるということはとりも直さず、一揆への怖れと期待の大きさの証明であった。

しかし、そうはいかなかった。暴徒は北国街道を通って三十一日には上田へ入ろうとしたが、さすが小諸藩より格上の上田藩は城下町への侵入を許すつもりはなく、武装して待ち受けていた。

幕府も放置できないと判断し、急ぎ江戸町奉行に率いられた数十人を信州へ向かわせたところであった。

専門の戦闘集団に挟撃されては、一揆勢も分が悪い。戦いを知らない、たかが農民の寄せ集めだ。浮き足だつところを押し返され、命あっての物だねと逃げる端からつぎつぎ捕えられていった。

津軽の騒擾が鉄炮隊の前にあっけなく鎮圧されたのと同じように、信濃の一揆も刀と槍を突きつけられて総崩れとなった。

どちらの事件も、この国では統治する側がその気になったら、群衆の蜂起などじつにもろいものでしかないことを証明したにすぎない。民はいかに望み、願っても、自ら世直しを行なう力を持たない。線香花火のように戦って敗れたあとには、前よりいっそうひどい飢えが待っているだけであった。

3

一方、その間に、火砕流の直撃を受けて埋没した浅間北麓の鎌原村では、ようやく噴煙がおさまりつつある中で村の再興が始まっていた。

九十三軒あった家はすべて泥砂の下に埋められて、一軒も残っていない。五百九十七人いた村民のうち、生き残ったのは百三十一人である。

幸運にも生き残ったのは、たまたまその日村を留守にしていたか、あるいは石段を駆け登って観音堂へ逃れるなど、小高い場所で火砕流をやり過ごすことができた人たちであった。

隣村の人びとがこの生存者をいったん引き取ったが、やがて旧村に二棟の小屋が建てられ、九十三人がそこで生活を始めた。あとの三十八人は、村を捨ててよそへ移った。

この小屋の中では、幕府から派遣された勘定吟味役、根岸九郎左衛門らの指示もあって、旧村での家格に応じた身分差別が厳密に行なわれていた。

家格が低いものは、座敷に上げてもらうことができない。また、上のものに対しては、それなりにていねいな挨拶をしなければならなかった。

しかし、これも幕府側の指示で、やがて九十三人の間には、

「一同親族の交わりをする」

という約諾が行なわれることになった。あれほどの惨事の中で、ともかくも一緒に生き残る縁があったのだから、お互いに身分のへだてのない骨肉の一族になろう、というのであった。

この約諾のあと、妻を失った男には、夫を失った女がめあわされ、新しい夫婦が何組か誕生した。また、子を失った親には、親を失った子が組み合わされて、新しい親子ができる。

そうやって人為的につくられた家族が、鎌原村の再興に取りかかった。田畑のほとんどは、火石混りの泥砂におおわれてしまっている。ごろごろ転がる巨大な火石を運び出して田畑を復旧するのは、気が遠くなるような難作業だった。

しかし、ともかくも父祖の代からの土地に戻ることができた人びとにとっては、希望に満ちた再出発であった。

4

アイスランドでは、ラキ山北東側のクレーター群から、いぜん噴火が続いていた。流れ出た熔岩は島の南部と東部をべったりおおい、百メートルから二百メートルの深さの谷をあちこちですっかり埋めつくしていた。史上最大の流出量であるこの熔岩をそっくりイギリスへ持っていったとしたら、イギリス全土を十センチの厚さでおおってしまうことができる、と計算された。

熔岩の流出は、秋にはほとんど止まっている。しかし、青い霧を北半球のいたるところに広げている噴煙は、まだ勢いが衰えていなかった。

北極圏に接していて、ただでさえ夏が短い島に、この年は噴煙で日照がさえぎられたせいで夏らしい日はほとんどなかった。北の海から流氷がやってきて沿岸を埋めるのも、異常に早かった。

十月に入ると、島ではすべてが凍りはじめた。そして、凍てつく寒さの中で、飢えた人びとは相ついで倒れていった。

すでに亜硫酸ガスで牧草が枯死したために、餌がなくなった牛馬や羊はぞくぞく死んでいる。この年の冬までに死んだ牛は約一万一千頭（島全体で飼われていたものの五三パーセント）、馬二万八千頭（同七七パーセント）、羊十九万頭（同八二パーセント）に達した。

穀物や野菜、それに果実は収穫前に全滅し、木の葉や草さえない。そのうえ牛や羊が減って、肉がなくなっていく。人びとは死んだ家畜の皮まで煮て、飢えをしのいだ。

牛が死ぬということは、肉だけでなく、重要な蛋白源だったミルクやバターがなくなることをも意味していた。また、大量の羊の死は、衣類の欠乏をもたらした。羊毛で織った暖かい衣類は、厳しい冬に耐えなければならないこの島の人たちにとって不可欠だった。それが、この冬はない。飢えて瘠せてしまった人びとに、寒さはいっそうこたえた。

栄養が足りないところへ寒さに見舞われると、病原菌への抵抗が極端に弱くなる。なにも食べていないのに激しい下痢や嘔吐に苦しみ、そのあげくいっそう瘠せて死ぬものが続出するようになった。かと思うと、手足をむくませ、身体じゅう膨れたようになって死んでいくものもいる。

デンマークからの救援船が入港したあたりに住んでいて、食糧にありつけたものは幸運だった。だが、奥地にいて、馬を失ったため近隣の様子を見にも行けない人びとは、救援船が来たことさえ知らなかった。

凍てついたあちこちの村に、情報を得るすべもないまま、多くの人たちが孤立していた。物乞い、あるいは食糧の強奪に出かけようにも、あたりは木一本ないまで噴煙にやられつくした無人の荒野だった。

噴火のあとの最初の冬の間に、ざっと九千三百人、全島民のほぼ五分の一が、飢えと寒さと病気のために死んだ。怖るべき青い霧の、直接の犠牲者たちであった。

仁政録

白河

1

本多弾正少弼《しょうひつ》忠籌《ただかず》は七月中に田安門勤番を終え、陸奥泉へ帰ってきていた。

遠く浅間から降ってくる灰は農作物に直接の被害はもたらさなかったが、夏の間ずっと冷たく、多くの田で稲は穂をはらむまでにいたらず青立ちの状態になった。気象条件の上でも、それに伴って収穫が極端に悪化した点でも、津軽や南部とほとんど変わらなかったのである。

秋に近くなって、

「領内の黒田、荷路夫《にじぶ》両村では、米収皆無と思われまする」

という報告をうけたとき忠籌は、春先から心配していた凶作がいよいよ現実のものになりつつあることを確信した。

元来この両村は、泉城下から離れた山間にあって、水利などの点で米作の条件は悪い。ちょっとした気候条件の変化でも、収量が大きく揺れ動く。

それにしても、収穫皆無というのはよほどのことであり、その予想は領内の他の田の収量を推測するうえでのバロメーターになるはずであった。

「うむ、泉田村あたりは、どうか」

泉田は年々二百石の米を年貢として納めている、肥沃で条件に恵まれた村である。

「はい、泉田村にても稲は半ば青立ち、五割がたの減収と見込まれまする」

細かく村ごとの状態を聞きながら、飢饉への対策を忠籌は頭の中で考えはじめていた。

今年の米収はおそらく領内全体で平年の半分になるだろう。かつてない大凶作だ。しかし、一万両の貯えがある、ということが彼の気持にゆとりを与えていた。

むろん、近隣の諸藩も凶作のはずで、穀留めの措置をとるだろうから、金があるからといってよそから米を買い付けることはできない。だが、いざとなればこの金を窮民に貸し与えて、饂飩《うどん》の一玉も買わせることができる。それに、藩倉に米や穀類の貯えがある。これは本来、来春蒔きつける種まで農民が食べてしまったときの備えだが、ここからもある程度飢えたものに回せるだろう。

「まあ、家臣から借米するようなことにはなるまい」

忠籌はつぶやいた。

二十四年前の宝暦九年、一万五千石のうち五千石を借金返済にあて、藩政再建のための大倹約を命じたときには、家臣の中には俸禄の二分の一を借米上納させられたものもいる。つまり、実質的に禄高は半減であった。

　忠籌自身節約に励んだが、家臣にもまた苦労させた。そのような藩あげての苦心のうちに借財を返済し終え、大小の不作を何度も通り抜けて、ここまで来たのだ。

「飢饉に勝つには、借財を残さず、金穀を貯えておくことだ。そのためには、ふだんの節約が肝要なのだ」

　それが彼の、ゆるぎない政治哲学だった。そして、その哲学が試されるときが、いま来たのである。

「浜の村々には、鰯《いわし》漁に精出させよ。獲《と》れた鰯は肥料とせず、干鰯として貯えさせておけ。江戸への出荷はやめよ」

　海にも用心深く手を打った。沖でたくさん獲れる鰯を、地元ではほとんど食用にせず、田畑の肥料にすることが多かった。食べるなら、ほかに磯魚がいくらでもあったからだ。食用の干鰯は江戸の魚商に送られたが、それをやめ、肥料にもせず、この秋から冬に備えよ、というのであった。

　秋になって、果たして凶作は歴然としはじめた。老中田沼主殿頭意次《とのものかみおきつぐ》にあてて差し出された届け出では、泉藩表高一万五千石のうち、減収六千八百七十石。半減にはいたらなかったが、四割五分八厘の損毛である。

「困窮する村からは、貢租を徴するのをやめよ。藩倉を開いて与えよ」

忠籌は命じた。減収の大きい村々では、農民たちは早くも食うにこと欠きはじめている。そういう窮民には、一家あたり一斗、二斗と藩倉の米が配られた。金も貸し付けられた。

米が徴収できないと藩は困るのだが、木綿服に一汁一菜の粗衣粗食になれた忠籌は泰然として家臣たちにいった。

「よき試練じゃ。節倹いたせ。腹が減ったほうが知恵は出るぞ。この飢饉は年を越して来年も続く。どう乗り切るか、知恵を出せ」

黒田、荷路夫はじめすべての村で、農民たちは腹を減らしていた。しかし、飢えて死ぬほどの思いをしているものは、領内に一人もいなかった。

2

江戸では秋になっても、しとしとと冷たい雨が続いた。

「いったいこの天気は、どうなっているのか」

朝顔の蔓も伸びなかった冷夏のあとだけに、人びとはうんざりと天を見上げた。

そんなさなか江戸八丁堀の白河藩邸で松平定信は、白河が大凶作に見舞われつつあることを聞いた。雨続きで稲は穂をつけず、ひょろひょろ伸びる直立《すだち》という状態になってしまったのだという。それを見て、飢饉になる、と地元では突然の大騒ぎが起きているが、藩庁では米も金も貯えていないので、手の打ちようがない。

「八月の末ごろまで、なに、この雨さえ晴れて暑くなればと、まさか飢饉になるとは誰も思っておりませんでした。それで、米相場が上がったのを幸い、藩の手持ちの米を売り払ってしまったのでございます」

知らせをもたらした者は告げた。

米相場が上がったのは、奥州一帯の凶作を見越してのことで、そこで米を売ってはならなかったのだ。

「ご家中、このところ酒興を好み、そちらのほうへ米を売った代金は回りましたしだいで……」

藩庁の役人たちはうろたえるばかり、領民は手をこまぬいて死を待つしかない惨状だという。

義父松平定邦は、しばらく前中風にやられて十分に藩政を見ることができず、この年の初めから定信に家督を譲ろうと思っていた。しかし、突然凶作に襲われたために、いい出せないでいる。無理に養子に来てもらった定信に、あまりに気の毒だからだ。

その定邦を、家老の吉村又右衛門が強く説いた。

「領民は飢饉におびえております。大殿はご病身ゆえ、ここは家督をお譲りなさるべきと存じます。そうすれば、民も安堵することでございましょう」

それで定邦も決心し、十一月十日にわかに定信の家督相続が決まった。

「悪いときに相続なされた」

田安家の人びとをはじめ、昔から定信と親しい人たちはいった。しかし彼は、家老の判断を正しいと思っていた。それに何より、凶年の克服が初仕事になったことに、またとない腕の振るいがいを感じた。

飢饉に勝つ方策は、本多弾正忠籌から詳しく聞いて、昨年『政事録』に書いたばかりだ。それを実際にやってみる、絶好の機会ではないか。

翌十一日、定信は家老の吉村を呼ぶといった。

「凶年は陸奥では珍しいことではない。いままで白河に少なかったのは幸運にすぎないので、ここで驚いてはならぬ。凶年には、それなりの備えというものがある。よいか、この機会に倹約質素の道を家臣に教え、白河藩の将来に磐石の固めをするのだ」

倹約、と聞いて、米を売った金でどんちゃん騒ぎをやった家老は、渋い顔をした。

一日おいて、江戸藩邸にいる家臣を残らず集め、一様に減禄を申し渡した。

「民は生産力の基本である。その国元の民が飢えに苦しみ、藩政意のごとくならぬいま、藩士一同にも減禄に耐えてもらわなければならぬ」

米という経済力を生む農民を藩政の基幹と見る点でも、藩政の立て直しに減禄策をとった点でも、定信の行き方は本多忠籌のそれとまったく同じであった。

さらに本多流を、定信は説いていく。

「凶年に勝つ方策は、倹約質素。それにはどうすればよいかは、予を手本にせよ。もし予が贅沢するなら、汝らもしてよい。しかし、予が倹約質素している間、この命に背くものがあれば、厳重に処罰する」

減禄は石高の多い藩士ほど厳しく、贅沢をしようにもできなくなるほどだったが、それにしても質素にしなければ処罰とは、武士の世界では驚くべき指示だった。

伏せた顔を上げて、二十六歳のこの新藩主の神経質そうな表情を盗み見ながら、やりにくいことになった、と藩士たちは思った。

この日の申し渡し事項と指示を、定信はただちに自筆で文書にし、白河へ持ち帰って藩内の諸士に伝達するよう、家老に命じた。減禄、と知らされて国元の藩士たちの間には、飢饉きたる、と聞いたときよりもっと大きなセンセーションが広がっていった。

3

十一月十三日、上総介だった定信は、義父をついで越中守に任ぜられた。

幕府へ参勤のため彼は江戸を離れることができなかったが、藩邸ではただちに倹約が実行されはじめた。殿様への膳部は、朝夕が一汁一菜となった。これもまた本多忠籌流である。昼食だけ一汁二菜にした。衣服はすべて木綿、夜具の裏布も絹をやめて木綿にし、駕籠布団まで紬《つむぎ》の質素なものに代えた。

「いまのビロードの駕籠布団は、まだ新しいものでございます。これをほかに代えますのは、無用の失費と存じますが」

いうものがあった。もっともな理屈である。

しかし、やる、となったら徹底的にやるのが、完全主義者の定信の行き方だった。それに、節約は多分に彼の幼少時からの趣味で、質素な生活をするのが楽しくてたまらない。贅沢好きな連中を、藩政のため、という口実で自分の趣味に強制的に従わせることに喜びさえ感じた。

「そのくらいの出費は、よい。下に習わせたくて、することだ」

みながあわてて駕籠布団を代えるだろうことを考えて、にやり、としながら定信は応じた。

たしかに江戸在勤の藩士たちは大騒ぎだった。朝夕一汁一菜以上食べると処罰されるのだから、従わないわけにはいかない。木綿服の殿様の前に、着飾って出ることもできなかった。

定信の完全主義とストイックな愉楽はまだ続いていく。侍女を減らして人件費を浮かせる。自分の居間や役所の畳を、縁がなくて安い琉球表に代える。襖や障子も、わざわざ粗末な紙を買ってきて張りかえさせた。大小の宴会や贈り物のやりとりもやめられ、藩邸から足軽の長屋まで、灯が消えたようになっていった。

一方で定信は、領民救済のため、今年のいっさいの租税を免除せよ、と白河藩庁に命じた。その命令とともに、

「わら餅の製法を一般に教えるように」

という奇妙な指示があった。

殿様自筆の製法によると、稲のわらを水に浸して細かく刻み、これを蒸して臼で碾《ひ》く。そこへ米の粉を少し混ぜてこね合わせると、わら餅ができる。

これは、本多忠籌に教えられて『政事録』にも書いた飢饉時の食糧のひとつだった。ふだんは食べない稲わらも、こうすれば咽喉を通りやすくなり、一時的に空腹を満たす

ことができるというのだ。

「領民に灸《きゆう》をすえさせよ」

という指示もあった。飢饉になると、体力の衰えと栄養不足から、悪疫が流行しやすい。それを予防するには灸がよい、というのであった。

他方、食糧の確保にも抜かりなく手を打っていった。米はもう江戸にもなくなって買えないので、浜松、大坂などへ家臣を派遣し、細かく買い集めた。白河へ回送されたものを合計すると七千俵にのぼる。

金は江戸藩邸で経費を切りつめた分をあてたほか、田安家から借りた。幕府へは借用を申し込まなかった。田沼意次一派にいい顔をされるはずがなかったし、ひょっとすると冷たく断わられるかも知れないと思った。

江戸城中では、定信からすれば田沼派の専横はいっそう目に余るようになっている。老中意次の長男意知《おきとも》が三十三歳で若年寄になり、蔵米五千俵を賜ったという。いまいましい限りであった。

ともかくも金をつくり、米のほか稗二十四俵、ふすま六十五俵、かます干物二十四俵、にしん一万本など、手に入るものは何でも買って白河へ送った。

「よいか、民を一人たりと飢え死させてはならぬ。民は経済力の基礎なのだ」

家老に、くどいほどいった。

白河藩には越後にも領地があって、そこは幸い不作に見舞われなかったため、米一万俵の余裕があった。それを定信は白河へ回送しようとした。ところが、通り道にあたる会津藩が、この飢饉のさなかに人馬の用立てはできぬ、と断わってきた。よその藩の米を運ぶのはばかばかしいだけでなく、荷が米と知ったら住民の間からどんな騒動が起きるかわからない。かかわりたくない道理である。

定信は藩主松平肥後守容頌《かたのぶ》に手紙を書き、

「なんとか雪の来る前に運びたい。いったん雪に閉ざされたら、来春の融雪までに餓死者が続出する」

と訴えたうえ、応分の謝礼を約束して回送を強行した。

それやこれやで集めた米を、藩士については重臣から足軽まで平等に一日あたり男五合、女三合ずつ貸与する。窮民に対しては十日に一回、一軒ごとに米三升ずつが与えられた。むろん腹がくちくなる量ではないが、ともかくも白河では、米櫃《こめびつ》が空になったまま、という家は一軒もなかった。

白河藩は表高十一万石余だが、この年の損毛は十万八千六百石余にのぼった。ほぼ全滅の大凶作で、損毛五割未満の泉藩よりはるかに被害は大きい。領民の騒擾相ついでいる津軽藩より多少いい程度にすぎなかったが、白河では一件の騒擾事件も起きなかったし、一人の流民も出なかった。栄養不足から病勢がつのって死ぬものはあったが、直接の餓死者は一人もなかった。

人相食む

津軽

1

津軽では惨状目をおおう有様となりつつあった。

町人も百姓も、ともかくも食うものを手に入れるために家財や衣類を売ってきていたが、いまでは米はむろん小豆、そば、大豆かすまで暴騰して、とても金では買えなくなった。家一軒売っても、丼一杯の漬物にしかならない。

秋田あるいは仙台へ、郷里を捨てて出ていくものがいぜん続く中で、知らない土地へ行くよりはと、近くの山を住処《すみか》にするものも少なくなかった。家まで人手に渡してしまったいま、同じ野宿するなら山のほうが口にできる木の実や草の根が多いからだ。

山へ入った人びとは、茨の実はむろん、昼顔の根、山大根、なんでも掘り取り噛りついては、命をつないだ。だが、それも山に雪が来るまでで、草の根が見つけられなくなると里へ降りなければならなかった。

弘前の城下町には乞食があふれた。通行人の袖を引く気力さえない女子供は、ごろごろと道端に倒れている。そういうもののために御救小屋が建てられ、粥の炊き出しが行なわれたが、あまりに詰めかける数が多いので米が足りない。初めは一合入っていた粥が五勺、三勺としだいに水のように薄くなる。ついには、炊き出しをうけながら御救小屋で餓死するものがあいつぎ、八百余人に達した。

これではたまらないと、多少とも元気のある男たちは小屋を抜け出し、集団で商店を襲った。繁華街には、金のある人たちを相手に焼餅や干魚を売る店が、まだいくつかあった。そこへ押し入って、餓鬼のように手当りしだいむさぼり食う。

やがて知らせで駆けつけた役人は、十数人に縄をかけたが、連行しても十分に食わせるものがあるわけではない。

「そのほうたちで、面倒を見てやれ」

と町人へ渡して帰る。押しつけられた町人のほうも、とても食わせてやる余裕はないので迷惑がり、そのまま捨てておいた。

縄を打たれたままの連中が、飢えと寒さの中でどこへ行ったか、誰も知らない。捨てられて空家になったところへ入り込み、板をはがして燃やしては暖をとるものがいるので、あちこちで火事が頻発した。なかには、空腹の憂さをまぎらすために、あちこち火をつけて回るものもいる。そういう連中を捕えて役所へ連れて行くと、郡奉行は面倒くさそうにいうのだった。

「牢へ入れても食わせるものがない。今後は火つけを捕えたら構わず打ち殺せ」

食いものをめぐっての人殺しはしょっちゅうだった。

わずかな籾をようやく買って帰る金木村の百姓が、夜道で数人の盗賊に取り巻かれて打ち殺され、籾を奪われたうえ衣類をはぎ取られた。

木造村では、餅とは名ばかり、実の入っていない籾にわずかな米の粉をまぜたのを「しいな餅」といって売っていた子供が、大人に殺されて餅と着物を奪われた。

沼崎村では腹を減らした男が隣家へ夜ふけ忍び入り、夫婦を槌で打ち殺したうえ、十三、四歳の娘も打って、家じゅうの食物を探した。その家にも口にできるものはほとんどなかったが、台所の漬物、味噌、塩まで食ってほっとひと息つぎ、寝込んでしまった。

打たれたものの急所を外れ、死んだふりをしていた娘がけなげに起き出して、庄屋へ急を知らせた。男は捕えられ、縛られて高い木の枝に吊り下げられ、そのまま翌夜凍死した。

そのような私刑が、各地でひんぴんと行なわれた。

2

弘前の町は、ともかくもそこへ行けば何か食うものがあるかも知れないと空しく願って集まってくる近在の人びとで、いっそうふくれ上がっていった。子の手を引いた親、老いた親を置き去りにしてきた若者、主人から暇を申し渡された使用人……。いずれも虚ろな顔で、わずかなぼろを身につけるか、菰《こも》をまとっただけである。

もう何度も降っていた雪が、固く地をおおう根雪になると、流民たちには野宿すべき場所がなかった。

しかもこの冬の寒さは、津軽旧記類が、

「年来覚えなく寒烈にて」

と記すほど厳しかった。

飢えて瘠せさらばえた身体に、寒気は突き刺さるようにこたえる。おびただしい人びとが路上に倒れ伏し、そのまま死んでいった。

悪疫も流行した。栄養が足りなくて、病気に対する抵抗力がなくなっているのだ。鯵ケ沢ではある町内で五十余人死んだうち、餓死二十、病死三十余であった。

弘前でも近在の町村でも、ばたばた死んでいく人びとを、初めのうちこそ穴を掘って埋めていた。しかし、あまりに死体が多いのと、掘るほうの体力がなくなってきたので、いまはそのまま放ってある。

これを鳥が集まってきて突つき、犬が食い散らす。犬は人肉の味を覚え、夜ふけ往来を歩いている生きた人間に食いつくようになった。

たっぷり餌があってよく肥った犬に、そのうち人間のほうで目をつける。木造村では犬の吸物を売り出すものがあって、飢えた人びとがこれに群れた。犬を捕えてこの店へ売り込みにくるものも現れた。猫、鼠まで法外な値段で取引された。

牛馬を食うことはタブーであり、あまりに長い間にわたって禁忌とされてきたために、それが食えるものであるとは誰も考えていなかった。しかし、草の根、鼠、わらまで食いつくし、残るのが牛馬だけになったとき、その生命と引き換えに自分が餓死しようと考える人間はいない。おそるおそる食ってみると、これがうまい。しかも牛馬は犬猫よりはるかに肉の量が多いので、多くの人びとに行き渡らせることができる。

「はあ、牛だば舌の上でとろけそうにうまい味だで」

「食えばな、元気が出る。車力村あたりではな、飢え死しかかっておった二百人ほどが、牛の肉一口でしゃんと立ち上がり、やせる前に返ったと」

そうやって、牛馬肉の切り売りがしだいに広まりだした。浅ましい、畜生道におちるのか、というものもあったが、背に腹はかえられない。やがてその肉の値段も暴騰し、欲しくても買えないようになっていった。

牛馬肉にもありつけないものは、ついに人肉を食いはじめた。親が子を食い、子が親を食う地獄であった。

出崎村のある家では、父親が食糧を探してくると出かけたまま戻らず、母親と十四、五歳の息子、それに祖母がひもじい日を過ごすうち、息子が餓死した。母と祖母は四日かけて、その遺体を食った。これは息子を殺して食ったわけではないから、誰も罪を問わなかったが、祖母と半分ずつ分けて四日間命を長らえることができた母親は、

「ああ、今度はなんとか丸まる一人食べたい」

といったという。

一度人間を食うと、また食いたくなるという例はほかにもあって、豊田村の十六歳の男の子は、餓死した母と妹を食って二十日間ほど生き延びたのち、村内の十五歳の男の子を包丁で刺殺し、家へかつぎ帰って食った。

殺された十五歳のほうは両親が餓死していたが、その遺体を食うなど思いも及ばなかった。あまりの空腹に庄屋へ粥を乞いに行き、その帰途刺されたのだった。この十五歳

の例からすると、いかに飢えで死に瀕していても、肉親の遺体を食うことにはかなりの心理的抵抗があるに違いないことがうかがえる。

そして、十六歳のほうの例、あるいは最初の息子を食った母親の例から推せば、いったんその抵抗を突破して食べてしまうと、もはやなんの歯止めもなくなって、他人まで殺して食いたくなるらしい。

別の村では、子供の激しく泣く声が聞えるので、どうしたのかと隣家のものが様子を見に行くと、子供の股に親が食いついていた。

3

「在町浦々、道路死人山のごとく、目も当てられぬ風情にて」

津軽旧記類はそう記した。

天明三年末までに、弘前城下町の住民中死者九百九十七人。田舎から集まってきたものの食物にありつけず餓死、病死したもの数万にのぼり、身元の調べようもなかった。

年が明けて、死者はますますふえつつあった。他国へ流民となって出て行くものの列も続いたが、仙台へ足を向けたものは不幸だった。そこもまた大凶作で、よそ者の面倒を見るどころではなかったからだ。

飢えと寒さで流民たちは雪の中に倒れ、死んでいく。その死体を踏みつけて、あとから新しい流民がやって来るのだった。

津軽藩は損毛高を数えることもできないまま、大凶作のむねを幕府へ報告し、一万両の借金をした。同時に、領内の富豪から御用金を調達し、余裕のある秋田藩に頼んで米を買い付けた。

しかし、陸路は雪に閉ざされ、海は荒れて、持ち帰ることができない。ここでもまた後手に回って、春まで空しく待つしかなかった。ただ、藩士たちは俸禄を削られはしたものの、さすがに飢え死ぬようなことはなかった。

天明四年夏までの死者八万一千七百二人。これは領民のほぼ三分の一であった。

陸奥の諸藩は、白河と泉を除いて、津軽とまったく同じ惨状にあえぎつつあった。

南部藩では、表高二十万石のうち天明三年の損毛ほぼ十九万石。盛岡の城下町はじめいたるところに窮民があふれ、天明四年春までの餓死者四万一千、病死者二万四千、流民となって他国へ逃れたもの三千、合計六万八千にのぼった。

ここでは人肉を食うことを重い罪とし、禁を犯したものは刎首《ふんしゅ》することにした。しかし、ともかく生き延びるために、隠れて食うものがあとを絶たない。噂をもとに役人がある家へ踏み込んでみると、死人が十二俵も貯えてあった。その家のものは、役人立会いのもとに、村びとの手で打ち殺されたという。

仙台藩は表高六十二万石の大藩だが、その九割を越える五十六万五千石の損毛を出した。餓死者十五万、病死者三十万の多きを数え、合計四十五万は、やはり領民のほぼ三分の一にあたる。

豪商安倍清右衛門宅が数千人の町民によって打ち壊される〝安倍清騒動〟が、十月十四日仙台城下で起きた。藩庁と結んで米を買い占めている、と飢えた人びとの恨みを買った結果であった。

会津藩は表高二十三万石に対して、損毛二十八万石を幕府へ届け出た。損毛高のほうが多いが、これは実高が三十万五千石あったからで、ポケットに入れるはずだった収入まで吹っ飛んだことを、前年の津軽藩がそうだったのと同じように、正直に届けたことになる。

二本松藩、相馬中村藩もまた収穫はほとんど皆無で、そろって多数の死者、逃亡者を出した。

「畑荒らしの親子五人が、川へ沈められたとよ」

飢えた一家が、食物を求めて野原をさまよい歩くうち大豆畑を見つけ、まだ十分実ってもいない豆をむさぼり食った。村人に発見されて捕えられ、悪かった、許してくれ、といっても聞き入れられず、縛り上げられたまま川へ放り込まれた。手足が自由にならない親子五人は、それでも必死に水面へ浮かび上がろうとあがく。それを村人たちは、沈むまで棒で打ち続けた。

「人を襲う十四、五歳の娘が、鉄炮で撃ち殺されたそうじゃ」

娘は餓死した肉親を食ったあと発狂したようになり、家を飛び出して野山を駆け回り出した。人に出会うと、これを襲う。もはや畜生であった。やむなく村人が鉄炮で射殺したという。

どこでの出来事ともわからぬまま、そんな噂が日々、陰鬱な陸奥の野を行き交っていた。

4

天明三年は、陸奥ほどではなかったにしても、全国いたるところで米は不作だった。それも、日照不足には強いはずの西日本でも、夏の間の冷たい雨が原因で稲は実らなかった。全国的に史上まれに見る冷夏だったのである。

大坂では前年も雨天続きで米収は四割減となり、米価が暴騰していた。そこへこの年は六月でも冬のような寒さとなって、ますます米の値段が上がった。

「米の買い占めを禁じる。粥をすすって手持ちの米を食い延ばせ」

役所は指示したが、鳩の餌ほどの米しか手に入らない庶民はいら立ち、秋になると市内には放火、盗難が続出して、騒然となった。

四国松山藩では秋の大雨で、表高十五万石のうち二万五千石の損毛となった。

四国、九州では、大坂と同じように前年から二年続きの凶作で、粟飯、大根飯が食えればいいほう、それも手に入らない人びとは葛など草の根を掘って食った。盗賊が道にあふれ、旅人はとても歩けないような状態となった。

それでも、西日本では餓死するものはほとんどなかった。死者が圧倒的に多いのは東日本、それも東北地方であった。

江戸幕府は八代将軍吉宗の享保六（一七二一）年から、武士などを除いた農・工・商人を対象に、人別調べと呼ばれる人口調査を行なっていた。二回目の享保十一（一七二六）年からは、原則として子《ね》と午《うま》の年、すなわち六年ごとに行なわれた。

それによると当時の日本の一般庶民数は、享保六年から安永九（一七八〇）年まで、ほぼ二千六百万人前後で推移している。それが天明六（一七八六）年には約二千五百八万六千人と、六年前の調査に較べ一挙に九十二万四千人も減少した。この激減分の大半は、天明三年をピークとする大飢饉による死亡と見てよいであろう。家を捨てて流民となったために、人別調べの対象から外れたものもいたには違いないが。

5

「年来覚えなく寒烈にて」

と津軽旧記類が記した一七八三年から四年にかけての冬は、北半球のどこでも同じように厳しい寒さになった。

「この寒さは、ちょっと異常ではないか」

パリの駐仏アメリカ公使ベンジャミン・フランクリンはつぶやいた。

冬の初めから寒く、初雪がそのまま根雪になって、ずいぶん積もった。まわりの空気や風は、肌を刺すように冷たかった。

　パリの一七八三年十二月の平均気温は摂氏マイナス〇・七度、八四年一月はマイナス一・四度。十二、一月と続けてマイナスになったことは、

表1　江戸時代後期の全国人口

年	人
1721	26,065,425
1726	26,548,998
1732	26,921,816
1744	26,153,450
1750	25,917,830
1756	26,061,830
1762	25,921,458
1768	26,252,057
1774	25,990,451
1780	26,010,600
1786	25,086,466
1792	24,891,441
1798	25,471,033
1804	25,621,957
1822	26,602,110

（関山直太郎『近世日本人口の研究』による）

前後四十年間で一度もない。

「これは、夏のあいだヨーロッパじゅうをおおっていた、あの青い霧のせいではないだろうか」

陽が昇っても消えようとしなかった乾いた霧のことを、彼は思い出した。太陽光線はその霧にさえぎられて、レンズで集光しても紙に火がつかないほど弱々しかった。

「やはり、夏の間に大地が十分熱をうけなかったのだ。だから冬が早く、かつ厳しくなったのだ」

ラキの噴火は一七八四年二月にはおさまり、もうあたりに青い霧は見られなかった。だが、まさにその前後から、ヨーロッパは寒くなりはじめたのである。

一七八三年夏のイギリスは、ロンドン近郊セルボーンの副牧師ギルバート・ホワイトが記録したように、異常に暑く、雷が多かった。とりわけイギリス中部地方は七月に猛烈な雷雨にたびたび襲われ、農作物は大被害をうけた。

北部のスコットランドでは、アイスランドのラキから飛来する降灰と、硫黄分の強い雨のせいで、農作物はほぼ全滅していた。

前年の収穫も思わしくなかったために、イギリス中、北部の農民は二年続きの凶作で大きな打撃をうけ、土地を捨てて新大陸のアメリカへ移民しはじめた。

ところが冬に入ると、イギリスは一転猛烈な寒波に見舞われた。南部の地方でも十二月三十日に川が凍結し、水車が回らなくなった。当時水車は製粉業や織物業にとって不可欠の動力源だったので、水車が止まるということはすなわち産業活動の停止を意味していた。

三十一日には氷はますます厚く水車を閉じ込め、たくさんの人びとが水車小屋の周りでスケートをやりはじめた。めったに見られない光景だった。

年が明けて一七八四年の二月になると、ロンドン市内を流れるテムズ川が完全に凍結した。市民たちは橋を渡らず、直接氷の上を行き来した。

イギリス中部地方については、一六五九年から毎月、毎年の平均気温がわかっているが、それによると一七八四年一月の平均気温は摂氏マイナス〇・六度である。さかのぼって過去百二十六年間のうち、一月の平均気温がマイナスになったことは九回しかない。いかに寒い冬だったかがわかる。また、一七八四年二月のそれは一・四度で、これも記録的な低温であった。

その寒さは春へ持ち越され、冷夏へと続き、再び寒い冬になる。セルボーンの副牧師ホワイトは、一七八四年十二月の「まったく並はずれた寒さ」についても、きちんと記録を残した。

それによると、イギリス南部で十二月九日に四十センチ近い雪が積もり、道は通れなくなった。大気は恐ろしく冷たく、戸外へ出した温度計は十四日夜、摂氏マイナス十八度まで下降した。

ホワイト家の庭の月桂樹やヤマモモの木は、寒さのために立ち枯れた。彼は急いで食料品を暖かい部屋や穴倉に移したが、ぼんやりしていた近所の人たちはパンやチーズを凍らせてしまい、リンゴ、ナシ、玉ネギ、馬鈴薯などの貯蔵品をすっかり駄目にした。雪の中でウサギ狩りをしていた二人が足に凍傷を起こし、納屋で脱穀作業をしていた人まで指を凍傷にやられた。

「一七三〇年から四〇年にかけて以来の、どの年の寒さも及ばなかったほど」だと彼は書いた。

イギリス中部地方での一七八四年の年平均気温は摂氏七・八度。これは一七〇〇年代で二番目に低い記録で、図1に示した前後四十年間では最低になっている。

パリの一七八四年の年平均は九・〇度。これは一七六四年に記録がとられはじめて以来の最低で、しかもこのあと六十年間破られることがなかった。

建国間もないアメリカでも、わずかではあったが知識人たちが日々の気温を記録しはじめていた。ある程度信頼しうる最古の記録は、一七三八年までさかのぼる。

図1　イギリス中部地方の年平均気温の推移（1765～1805　単位°C）

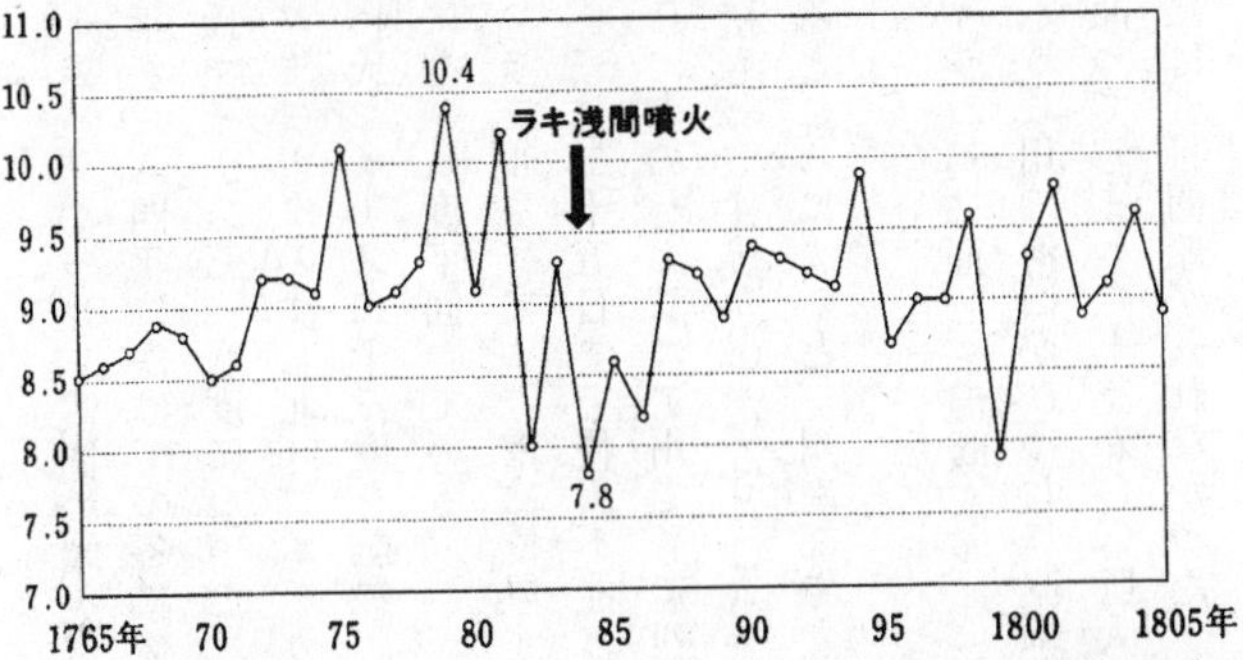

（G.MANLEYのデータによる。作図は著者）

図2　アメリカ東部の冬季（12～2月）平均気温（°C）

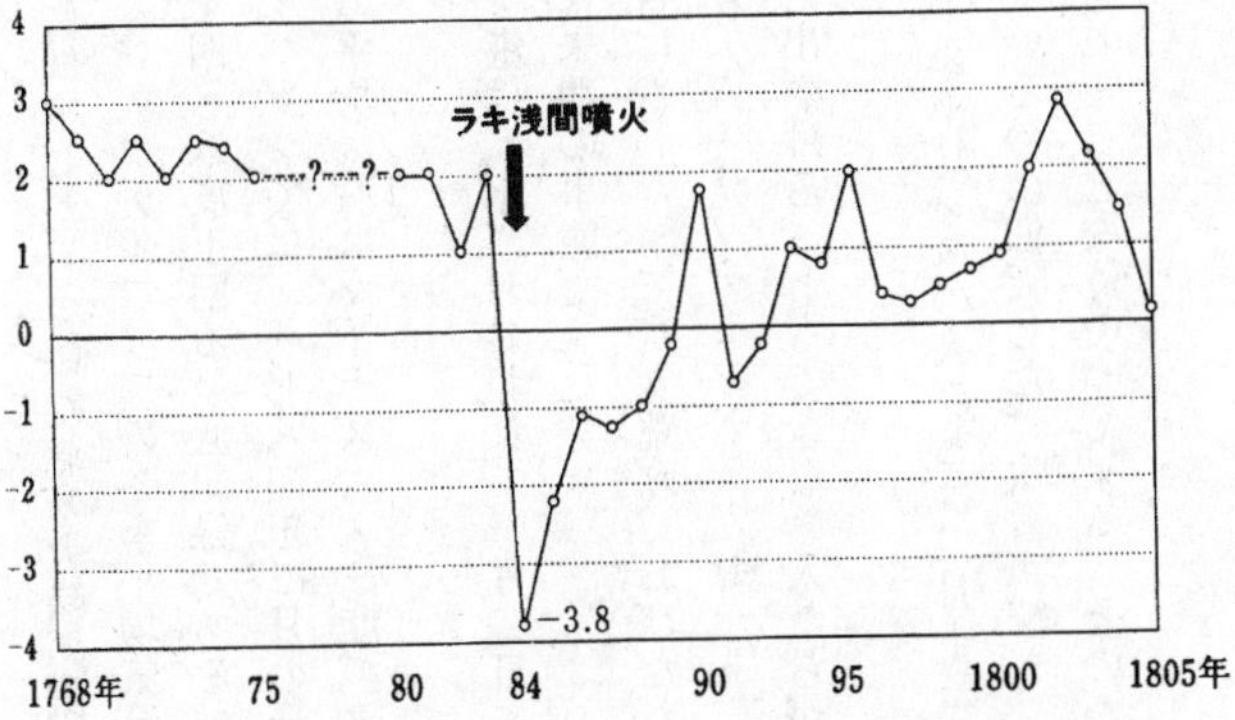

（H.SIGURDSSONによる。ただし、華氏表示を摂氏にあらためた）

一七八三年のラキ、浅間の噴火直後から異常に低下しだしていた北米大陸の気温は、その年から八四年にかけての冬に極端に下降し、フィラデルフィアの冬季平均気温にして摂氏マイナス三・八度になった。これは平年を四・八度下回る最低記録である。ニューヨークの少し北、コネチカット州ニューヘブンでは、一七八四年二月の最低気温が摂氏マイナス二十三度を記録した。この月の平均気温はマイナス六・三度。平年をじつに七・八度下回っている。

フィラデルフィアより南に位置するボルチモア港は、氷におおわれて一月二日に閉鎖され、三月二十五日まで使用不能となった。前代未聞の事態だった。

さらに南のバージニア州でも猛烈な雪嵐が何日にもわたって吹き荒れ、おびただしい雪が積もって住民がいたるところで閉じこめられた。「リッチモンド・ガゼット」紙が伝えるところによると、州南部で食料品を買いに出かけることもできない人たちが餓死したという。

メキシコ湾に面して温暖なルイジアナ州ニューオーリンズの人びとは二月十三日朝、ミシシッピ川の河口がびっしり流氷で埋められているのに仰天した。吹雪が続き、すべてが凍ってしまった上流から、巨大な氷塊がとぎれることなくやって来る。そのために河口には五日間船が入れなかった。

氷塊はメキシコ湾に流れ込んでなお漂い、北緯二十八度線付近を行く船を驚かせ、この年のアメリカの冬がいかに寒いかを具体的な証拠で示した。

6

日本も、ヨーロッパ、アメリカも寒かった、という事実の背景として、一つ忘れてはならないことがある。それは、ほぼ一五五〇年から一八五〇年にかけての三百年間、北半球は小氷期と呼ばれる寒い時代を迎えていた、ということだ。

一七八〇年代はその期間にあたる。現代では信じられないことだが、ロンドンのテムズ川と同じようにパリのセーヌ川も、江戸の隅田川もしばしば凍った。アルプスの氷河は家や農地を押し潰しながら前進し、フランスのシャモニーあたりまでおおっていた。

なぜその時期に小氷期が訪れたかについては、いくつかの理由があげられるが、一つには偏西風帯の拡大が考えられる。偏西風の帯が広がると、北極の冷たい大気が取り込まれて南下しやすくなり、北半球の中緯度地帯を冷やす結果になる。

北極の氷山が拡大していたことも原因とされる。光った氷山は森や林と違って、降り注いでくる太陽光線のほとんどを宇宙へはね返してしまう。それだけ地球は暖められにくなる理屈である。そこへブロッキング高気圧の影響が加わって異常気象が起き、全体として多雨の夏と厳寒の冬がもたらされた、と考えられている。

その結果、日本では米、ヨーロッパでは小麦とぶどう、アイスランドでは大麦がしばしば不作となり、住民を困窮させ、飢えに直面させた。

むろん小氷期の間にも暖かい年はあったし、いっそう寒い年もあった。それら個別の気象変化の原因はそれぞれに考えられるが、寒冷化を増幅する大きな理由の一つとしてあげられるのが火山の噴煙、すなわち細かい灰砂を含む青い霧であり、そこから成層圏まで舞い上がる硫酸エアロゾルである。それがアンブレラ現象を起こして、地表へ届くはずの太陽熱をさえぎってしまうからだ。

もっともひかえ目な数値でも、北半球のほとんどを噴煙でおおうような大噴火のあとでは、五年間にわたって年平均気温が摂氏〇・二ないし〇・五度下がる。

図3は、主要な噴火に伴う世界各地と北半球の年平均気温の変化を示したものだが、いずれの場合も平年値に較べて明らかな低下が見てとれる。

一七八三年のラキ、浅間の場合は、いずれの地域でも年平均気温はほぼ摂氏一度下がり、元へ戻るのに二、三年を要している。年平均気温が一度下がるということは、農作物の種類によってはその年に完全に生育できなくなるほど重大な事態を意味している。

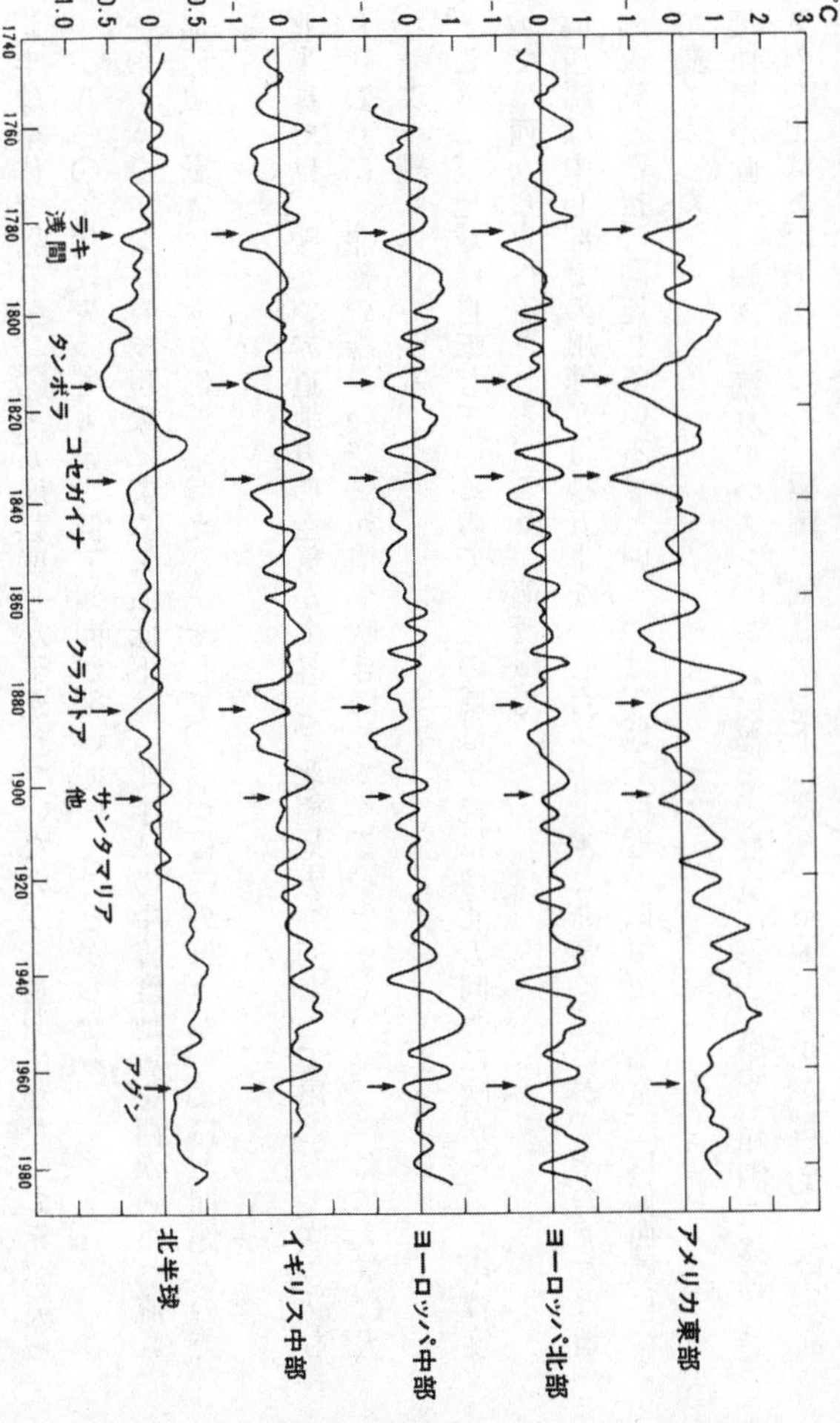

図3　主要な大噴火に伴う世界各地と北半球の年平均気温の低下(℃)

北半球全体で見ると、〇・五度程度しか下がっていないが、長期にわたって元へ戻らず、一八〇〇年代に入ってもまだ低下傾向が続いていくことがわかる。

そのようなアンブレラ現象による気温低下は、北半球の中緯度地域を西から東へ流れる偏西風の動きに大きな影響を与える。そして、じつはこのほうが、よほど問題なのである。

北半球では、暖かい赤道地方の空気が上昇し、北極地方へ向かって風として吹き込む。入れ代わりに、北極の冷たい空気が南へ吹き降りてくる。そうやって、つねに大気は大きな循環を繰り返している。

ところで、地球は自転しているので、この風は単純に南北方向へは吹かない。中緯度地域では西から東へ流される。これが偏西風だ。

偏西風は中心部での風速が毎秒五十ないし百メートルと非常に速いが、その流れは地上の天気と密接に関連している。というのは、地上付近の低気圧や高気圧は偏西風につれて動くからだ。

偏西風が強く、順調に流れていると、それに従って低気圧や高気圧も順調に移動し、天気の変化はおだやかになる。極端に気温が上下したり、雨量に変化が起きたりはしない。ところが、いったんなんらかの理由で偏西風が蛇行しはじめると、それにつれて低

図4 1783年夏の偏西風の流れ(想定図)

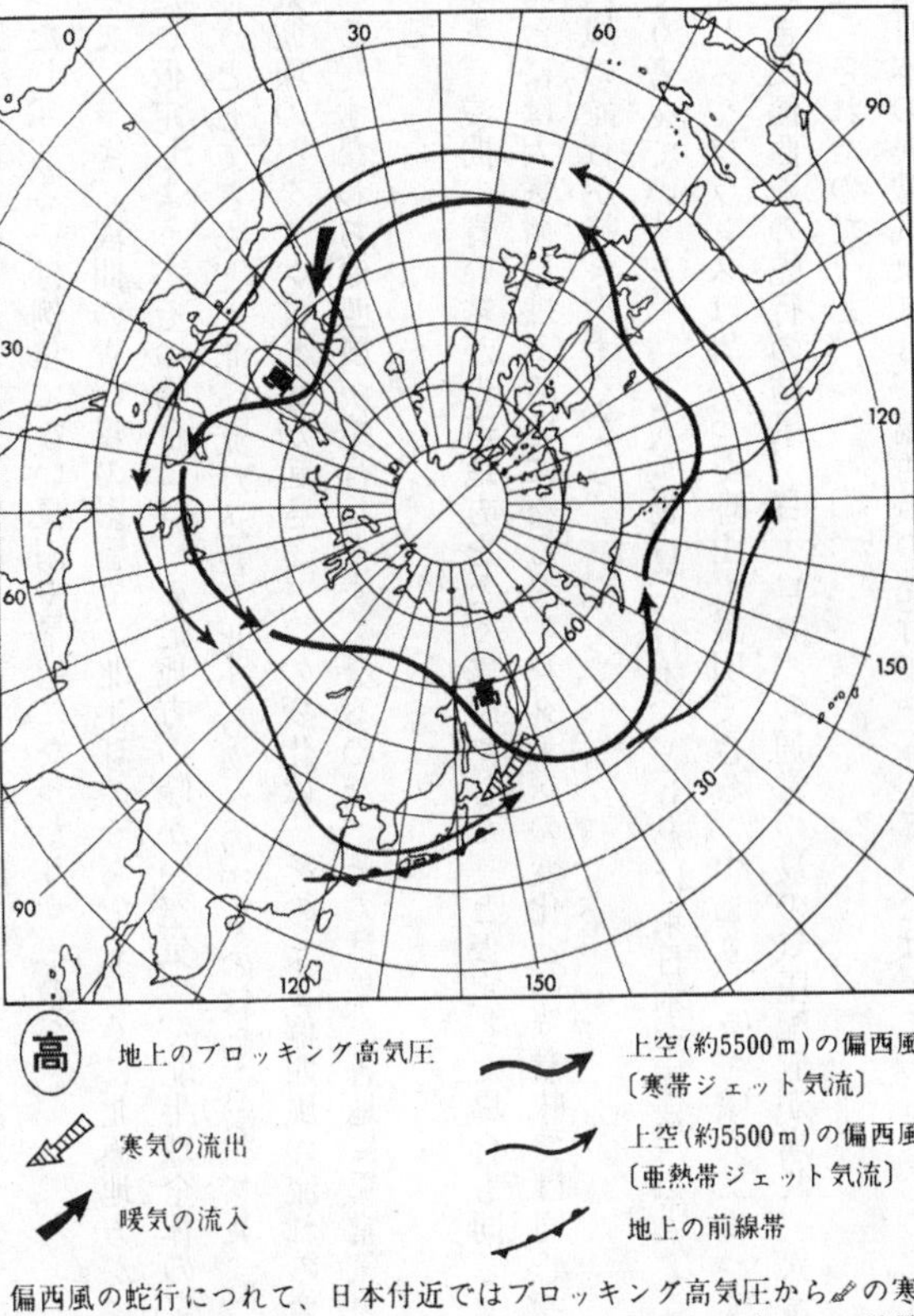

偏西風の蛇行につれて、日本付近ではブロッキング高気圧からの寒気が流出して冷夏となり、イギリス付近ではの暖気が流入して猛暑になる様子がわかる。

気圧や高気圧の配置がふだんと変わり、異常気象が起きる。うんと暑くなったり、寒くなったり、あるいは例年にない長雨や旱魃になったりするのだ。

さて、ラキ、浅間の青い霧の影響で、北半球のうちでもとくに北極地方がより寒冷化したと仮定しよう。その場合には、赤道地方の暖かい空気は、北半球全体の気温差をなくそうとしてどんどん北へ流れ込む。北から南への空気の移動も激しくなる。つまり、大気循環のパターンに変化が起きる。この変化は、そのまま偏西風の流れの変化として現れる。すなわち偏西風が蛇行しやすくなるのだ。その結果、各地に異常気象が起きはじめる。

ラキ、浅間の青い霧が赤道地方をとくに冷やした、と仮定した場合も同じである。この場合には大気循環は不活発になるが、パターンの変化という意味では同じで、やはり偏西風の蛇行が起きやすくなる。

そう考えていくと、一七八三年夏、日本、とりわけ東日本が極端に冷たかったのに、イギリスやフランスは暑かった理由も説明できる。つまり、ラキ噴火によっていちはやく起きた偏西風の蛇行の結果、ヨーロッパの通常の夏の気圧配置が崩れ、異常な暑さがもたらされたのだ、と。

東日本の異常気象にも、偏西風の蛇行がからんでいたはずである。その蛇行につれてオホーツク海にブロッキング高気圧が居すわることになり、冷たい北東風を日本へ吹きおろし続けたのに違いない。

しかも、青い霧の影響で地球上の熱のバランスに狂いが生じているかぎり、何年間にもわたって偏西風は蛇行し続ける。それに伴って、局地的にいろんな異常気象があいつぐことになる。

噴火——アンブレラ現象——熱バランスの変化——偏西風の蛇行——異常気象、という連鎖を見落としてはならない。この連鎖が、日本では天明の飢饉をいっそう長期化、重大化させて政権の交代をもたらし、フランスでは政体の変革にまでつながっていくことになったと考えられるのである。

殿中の刃傷

江戸

1

国元の飢饉になんの手も打たなかった津軽藩主信寧は、一七八四（天明四）年二月二十二日江戸藩邸で病死し、嫡子信明《のぶあきら》があとを継いだ。

藩の危機をよく知っていた信明は、質素な木綿服に着替え、食事は一汁一菜を実行して藩士に節倹を呼びかけた。雪が消えて秋田から米が回送されてくると、稗やそばとともに村々に与え、疫病の蔓延を防ぐために薬を配ることも忘れなかった。

また彼は、鷹狩りが好きだった父が江戸藩邸で飼っていた愛鷹「岩城」を、自分の手で空へ逃してやった。この時期に、そんな遊びをするつもりはない、という意思表示であった。藩邸の玄関に目安箱を置き、藩士たちの不満や意見を吸い上げることも始めた。

しかし、すべては遅すぎた。四月、津軽にもようやく春がめぐってきて、村々では主だったものたちが田打ちを触れて回ったが、応じようとするものがない。誰も衰弱しきって、野良へ出られないのだ。畑に野菜を播けといわれても、種子まで食いつくして播くべきものがない。

種子の欠乏と、労働意欲の減退——飢饉は一年続く、といわれるのは、そのためである。なんとか一年目を生き延びて春を迎えても、後遺症は必ず二年目に持ち越されるのだ。

津軽に限らず陸奥のほとんどの地で、田を打つ農夫の姿もない野に、昨秋来餓死したものたちの白骨がそのまま転がり、その間から名も知らぬ草が萌え出そうとしているばかりだった。

そんな飢饉の惨状をよそに、江戸には江戸なりの事件が起きた。老中田沼意次の嫡子、前年末若年寄になったばかりの意知が、五月十三日江戸城中で切られたのである。

田沼山城守意知はその日正午ごろ、詰めていた城中若年寄部屋から三人の同僚とともに退出し、中之間を通って桔梗間へ出た。そこへ、隣室の新御番所に控えていた五人の下級武士の中の一人が、

「山城守殿、覚えがあろう」

と大声とともに切りかかった。

振り向いた意知は肩に太刀を受け、逃げながら相手の刀を鞘のまま払おうとしたが、今度は股を刺された。どちらも深傷《ふかで》であった。

中之間にいた大目付松平対馬守忠郷によって羽交締めにされ、取り押えられた狼藉者は、佐野善左衛門政言という二十八歳の青年武士だった。

噂はたちまち城中を駆けめぐった。佐野の意知に対するささいな恨みから出た犯行、というものがある一方で、佐野は焚きつけられただけ、とするものも少なくなかった。裏に反田沼派の深い策謀がある、というのだ。

意知は城中で応急手当をうけ、駕籠で神田の屋敷へ帰ったが、出血多量でほとんど危篤状態になっていた。

急を聞いた父意次は驚愕した。どのような恨みにもせよ、一門への恨みがそれほどまで強かったのか、ということを、初めて知らされた思いがした。

むろん彼にも、田沼一族の栄達とうらはらに重用されなくなったものたちがいることはわかっている。彼らが嫉妬と私怨で歯ぎしりしていることも知っている。しかし人は権勢をきわめ、得意の絶頂に立つと、蹴落とした相手の恨みが見えなくなる。無視することが快感につながるからだ。

意次は快楽にひたりすぎていた。用心すべきだったし、わが子にもそうさせなければならなかった。だが、田沼一族への反抗が将軍への反抗にもひとしいほど大きな権力を持ってしまっているいま、さすがの意次もそのことに気づけなかった。

　翌朝、驚愕と屈辱の思いを呑み込んだまま、意次はいつもと変わらず登城出仕し、危篤におちいっている若年寄意知にお暇をいただきたいむね、将軍家治に申し出た。

　この行動がまた、刃傷《にんじょう》事件に快哉を叫んでいる反田沼派に、意次攻撃のかっこうの口実を与えた。

「長子危篤というのに出仕するとは、さても役職への執念深さよ」

　水戸藩主徳川治保卿は、こういって怒った。

「産褥《さんじょく》でさえ七日の遠慮あるというのに、嫡子深傷にて血なまぐさき身をもって登城するとは、もってのほか」

　そんな中で意知は、十五日未明に死んだ。三十四歳であった。

　町奉行に預けられていた佐野は取り調べの結果、乱心、ということになり二十一日に切腹させられた。

2

　暗殺事件の原因は、江戸城中でも市中でも、さまざまに取り沙汰された。

　もっとも単純なのはこうだった――将軍鷹狩りのとき、佐野善左衛門が鴨を一羽射落とした。しかし恩賞がなかった。それを、意知が意地悪したと思い込んで恨みを抱いていた。
あるいは、昇進を意知に頼んで賄賂を積んだがいっこう実現しなかったのだ、というものもいた。意知が佐野家の系図を借りたまま返さず、そのうえ佐野家に伝わる七曜紋入りの旗を取り上げてしまったからだ、というのが、もっともありそうな理由とされた。
田沼家は成り上がりだから、先祖代々の系図がない。そこへいくと善左衛門は、古く鎌倉のころ旅の途中の執権北条時頼を大雪の夜自宅へ泊め、鉢に植えた梅や桜の木を惜しげもなく燃やしてもてなした、いわゆる「鉢の木」の主人公、佐野源左衛門常世の子孫とされる。名家の育ちである。
その系図や旗を取り上げられるのは武家にとって我慢のならないことで、善左衛門が腹を立てたのはあたり前だし、また田沼ならいかにもやりそうなことだと人びとは受け取ったのである。
どの憶測でも、善玉は佐野、悪玉意知であった。つまり人びとはこの事件を、小気味よい出来事と受け取っていた。町には多くの落首や落書が現れた。いわく、
桂馬から　金になる身の　嬉しかり
また、いわく、
高上りして　歩に取られけり

金をとるならいうこと聞きやれザンザ
痛い思いで恥をかき
田沼が袖から血はザンザ
　よい気味じゃにえ

佐野の母親と妻が、
「恥辱にまみれて生きるより、名誉を守って死んだほうがましです」
と励ましていた、という話が伝えられた。
そして、二十二歳だった美人の妻は、自ら懐剣を胸に突き立て夫の後を追った。この美談が、いっそう佐野人気を沸騰させた。

事件からしばらくして、前年の凶作のため高騰していた江戸市中の米の値段が下がりはじめた。大坂から米が回送されたからだったが、そうとは知らない町の人びとは善左衛門のおかげだとして「世直し大明神」と彼をあがめ、たたえた。

その葬られた浅草徳本寺は参詣人がひきもきらず、手向けられる香花が絶えなかった。一方で意知の葬列には、石が投げつけられた。

あの世で善左衛門は、にやり、としていたかも知れない。憎い相手に殿中で切りかかるという忠臣蔵の浅野内匠頭のような演出によって、彼は大衆のヒーローになったのだった。

他方、私怨ではなく公憤から出たもの、とする見方もあった。というのは、切りつけたとき善左衛門は、懐に「田沼罪状十七か状」と記した斬奸状《ざんかんじょう》を持っていたとされたからだ。

十七か条の中には、次のような項目があると伝えられた。

一、武功の家柄のものを差しおいて、己れ立身出世せり。

一、えこ、ひいきをもって役人を立身させ、自党に引き入れた。

一、加恩の節、諸大名領有の良田の地を引替奪取せり。我儘《わがまま》の行跡なり。

斬奸状といわれるものは真贋いずれともわからなかったが、父意次の罪状を数えあげている。とすると、善左衛門は政治を牛耳る老中に対して公憤を持ち、初めこれを切るつもりで狙っていたのではないか。しかし、その機会がなく、やむなく息子のほうを切った——。

もっと深く動機を読もうとするものもいた。たとえば、長崎のオランダ商館長イザーク・ティチングは記した。

「もっとも幕府の高い位にある高官数名がこの事件にあずかっており、また、この事件を使嗾《しそう》しているように思われる」

つまり、暗殺事件は陰謀で、善左衛門は刺客として使われただけだ、というのだ。ティチング自身がそのような情報を江戸で集めることはむずかしいので、江戸から伝わってきた話を誰かに聞いたのだろう。とすると、こうした見方がいち早く長崎まで伝わるほど、陰謀説は広く行なわれていたことになる。

ティチングによると、田沼父子は将軍のもっともお気に入りであり、国政の各部門を手中に収めていて、そのために二人とも周囲から非常に憎まれていた。とりわけ二人は旧来の政治を改革したことで恨みを買ったが、父意次はすでに六十五歳で、先はそう長くないだろう。とすると、今後も改革をやるに違いない息子の意知を殺すべきだ、と反田沼派は決定したのだという。

善左衛門は巨大な陰謀の使い走りにすぎなかったのだ、という見方を裏づけるように、江戸の町にはつぎのような落首が現れた。

鉢植えて　梅が桜と咲く花を
たれ焚きつけて　佐野に斬らせた

3

善左衛門が巧みに焚きつけられたのだったとしたら、背後で糸を引いていた〝幕府高官〟とはいったいどういう人物群なのか。

幕府の老中は、意次を筆頭に、松平康福、水野忠友ら五人である。いずれも意次の腹心か、でなければ沈香も焚かず屁もひらない無害な人物で、とうてい田沼一族への陰謀を企てるとは考えられない。

その次のランクの若年寄も五人。意知がもっとも新参で、酒井忠休、米倉昌晴らがいるが、老中意次のめがねにかなって選ばれた連中だ。このまま田沼一族と仲よく勤めていけば老中に昇格できる期待のある四人のうち誰かが、わざわざ意知を消そうとするような危険をおかすわけがない。

ティチングが幕府高官の中に御三家、三卿を含めていたとすれば、その中には陰謀好きがいる。かつて意次と組んで、ライバル田安家の俊才定信を白河へ追いやった、一橋治済である。

治済はすでに長男豊千代を将軍家治の世子として送り込んでいた。家治が死ねば、治済は十一代将軍の父になれる。これもまた意次と組んでの策謀だったが、そういう陰謀好きだけに何をやるかわからない。さんざん利用してきた田沼一族が邪魔になれば、いつばっさりやるか知れたものではないのだ。

意知が破格の出世をして若年寄になったことで、田沼父子への風当たりはいっそう強くなりつつあった。このあたりであの一族とは手を切ったほうがいい、と治済は考えたかも知れない。

彼なら、暗殺を誰かにやらせる力があった。そして、警護厳重な意次を直接狙わず、意知を切って一族に衝撃を与え、遠巻きに一枚岩を揺すぶっていこうとしたのであったとすれば、いかにも治済らしい深慮遠謀といえなくもない。

高官にとらわれず反田沼派というなら、その筆頭は松平定信をおいてほかにない。彼ほど深く田沼を恨んでいるものは少なかっただろうからだ。しかし彼は、政敵をおとしいれるために徒党を組む、というような暗くこそこそしたことが大嫌いで、決してできないタイプの政治家だった。彼は政治家というより思想家であり、政治は天の命によって行なう清く美しいものでなければならない、という理想を抱いていた。もし、意次の存在が天の命に背くものであるならば、これを排除しなければならない。その場合定信が考えるのは、自ら懐剣で意次を刺すことだった。陰謀によって他人にやらせる、というような卑劣な真似はしない。

一方で彼は、気に入った藩主たちと親しく交際していた。もっとも親密なのが本多忠籌であり、ほかに本多肥後守忠可、戸田采女正氏教、堀田豊前守正穀らがいた。いずれも譜代小藩主で、徳川家にゆかりが深いのにいまの田沼体制の下では冷飯を食わされている人びとである。こうした友人たちと交際するのは定信にとって、徒党を組む、ということとはまったく違っていた。ともに和歌を詠み、善行をすすめ合う清潔な交際だ。むろんときには時勢を論ずるし、幕政のあり方を批判もする。しかし、だからといって、意次父子を殺してクーデターをやろう、というような話にはならない。いざ、というときには集団で立つかも知れないが、あくまでも正々堂々とやろう、政治家とはそういうものだ、と考えている人びとであった。それだけに、高潔ではあったかも知れないが、現実を変える力はこのグループにはまったくなかった。

ただ、こういうことは考えられる――佐野善左衛門がどこかでこの定信グループの存在を知り、高邁《こうまい》な理想に共感したとする。青年が理想に酔うのは、いつの時代にもよくあることだ。

まさか、定信が懐剣で意次を刺そうと考えた時期がある、とまでは知らなかっただろうが、同じ恨みを田沼一族に抱くものとしてその心情はよくわかる。ならば、と刀をとった。理想のために殉じる代理行為である。

しかし、かんじんの定信のほうは懐剣を捨ててしまい、いまは〝韓信の股くぐり〟をしている。天明三年の夏以降、彼は神田の田沼邸へ足しげく通って金品を贈り、出世させてほしい、と頭を下げて頼んだ。

屈辱で腹の中が煮えるような思いだっただろう。だが、嫡母宝蓮院に諭されたことでもあり、ここが我慢のしどころ、と思って耐えた。

その甲斐があって、年末に定信は従四位下に叙せられていた。ふつうは四十歳過ぎでなければ昇れない地位なのに、二十六歳でもらったのである。

「べつに、私が田安家の出だから、というわけではない」

定信はいい、そうたくさんの贈賄もしていない、と言い訳をした。

「それは、たしかに金を贈って頼んだ。だが、同じ日にやはり従四位下になった真田伊豆守幸弘は、予の五、六倍のつけ届けをしている」

本多忠籌のように、苦しい定信の胸中を察しているものもいた。しかし周囲は贈賄による出世を知って、

「さても欲ばりの越中守よ」

とあざけり笑った。

盗賊とも敵とも憎む田沼意次に頭を下げるより、この周りの嘲笑が定信にはこたえた。ともかくも、忍耐に徹しきっている彼は、意知暗殺、と聞いてもなんの感想も洩らさなかった。いまの彼は、白河の飢餓を救うことで頭がいっぱいだった。前年家督を継いでから、まだ白河へは行かず江戸藩邸で指揮をとっていたが、乾葉《ひば》、あらめ、干魚など、

入手できるものは何でも買って送った。

あまり江戸から白河への荷がひんぱんなので、道中の人びとは、

「さても白河の民はよき殿を持ったものよ」

とうらやんだ。

殿様が食うもの、着るものまで節約して国元へ送る荷、と知っている道中の人夫たちは、

「下へ置くなよ。せっかくのお志を、汚しては申しわけない」

といって、重い荷をわざわざ手渡ししあった。

そういう人夫たちにも応分の手当が渡るよう、にくいばかりの配慮もまた、定信は忘れていなかった。清く正しいことを行ない、それによって民を喜ばせることこそ政治なのだ——彼はそう信じていた。

名君、といわれることが、彼はなにより好きだった。いつの日か幕府の政治を執って名君とたたえられるための準備を、いま彼は白河で始めていた。

他方、どのような恨みや陰謀によるにもせよ、意知を失ったことは田沼一族にとってあまりに大きな痛手だった。まさに事件は、長く権勢を誇ってきた一族に秋を知らせる桐一葉だった。

パンの値上がる

パリ

1

一七八四年、パリの春は遅かった。明らかに、北半球全体をおおった長く厳しい冬の後遺症だった。

パリ天文台が記録していた気温によると、パリのこの年四月の平均気温は摂氏七・一度。前後十五年間の四月の中でもっとも低い。

春らしい陽気になってこないことを反映して、フランス各地では小麦価格がじりじりと値上がりしはじめた。今年もまた不作になるのではないか、という不安心理が起きてきたのだ。

前年の麦作がすでに、ラキからの直接の降灰をうけたのと、噴煙の影響と考えられる異常気象が重なって、かなりな不作だった。今年の端境期に小麦価格が上がる心配は十分あった。

そこへ、生長期を迎えようとする四月の低温だ。これが、北半球をおおったラキ、浅

図5　パリの四月の平均気温(1781～95　°C)

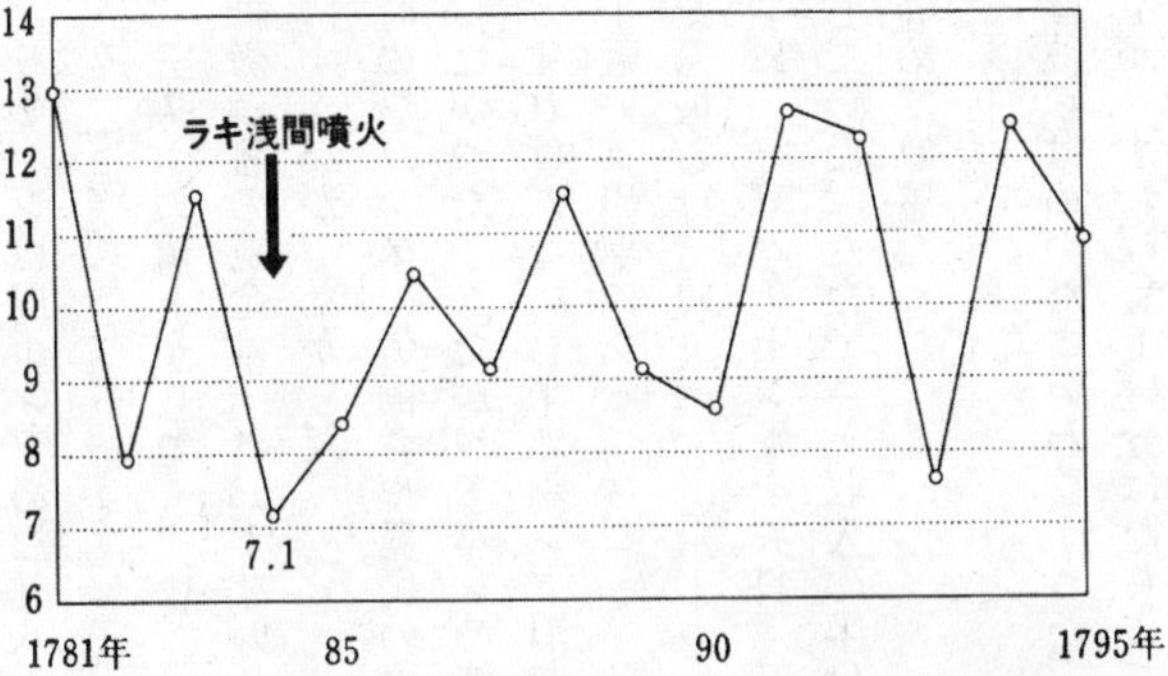

(パリ天文台の記録からD.BRUNTが抽出したデータによる。作図は著者)

間の青い霧によって日照がさえぎられたせいだとすれば、噴火の間接的影響が現実に小麦の値段を動かしはじめたのである。

フランスの平均小麦価格は、一七七五年の一キンタル(百キロ)あたり二十五フラン近い高値から、ずっと低下傾向ないし横ばい状態で、八〇年には十四・四五フランの安値になった。それが、不作の八三年中に上昇に転じ、八四年には二十フランを突破した。

不作のひどい地方では、値上がりはさらに激しかった。シャンパーニュ州の小さな町セザンヌでは、八三年中にすでに一キンタル二十フランを超え、八四年には三十一・六〇フランまで高騰している。

これをうけて、当然パンの値段も上がっ

た。パリのパンは四ポンドあたり八ないし九スー（一スーは五サンチーム。したがって二十スーが一フランになる）でずっと安定していたが、十・五ないし十一スーになった。二、三スーの値上がりでも、賃金を日給で受け取る下層労働者には非常にこたえた。非熟練労働者の賃金は一日二十ないし三十スー、石工で四十スー、大工や錠前屋が五十スーにすぎなかったからだ。

当時のフランスの労働者や農民の食事はほとんどパンだけで、肉や野菜はごく少量しか摂らなかった。したがってパンの消費量は多く、一日二ないし三ポンド食べた。家族四人とすれば八ないし十二ポンド消費する。二、三スーの値上がりが下手をすると一日十スー近い支出増になる。

ふだん彼らは、収入の五〇パーセントをパンに支出し、一六パーセントを肉、野菜、ワインに、一五パーセントを衣料、五パーセントを燃料、そして一パーセントを照明に支出していた。ただでさえ収入の半分はパンに消える。したがって彼らは、パンの値段にきわめて敏感だった。

「賃金を上げろ」

とは彼らはめったにいわなかった。五スーや十スー日給が上がっても、パンがちょっと値上がりすれば賃上げ分はたちまち吹っ飛んでしまう。

図6　フランスの小麦1キンタル(100キロ)あたり価格(フラン)

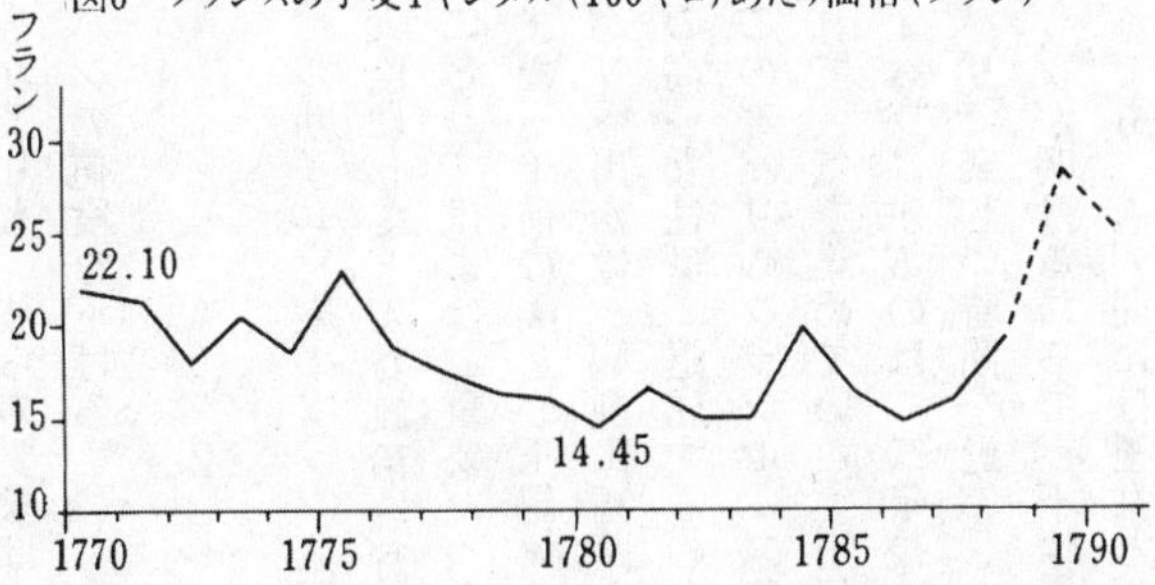

(J.GODECHOTによる)

図7　セザンヌの小麦1キンタル(100キロ)
あたり価格(フラン)

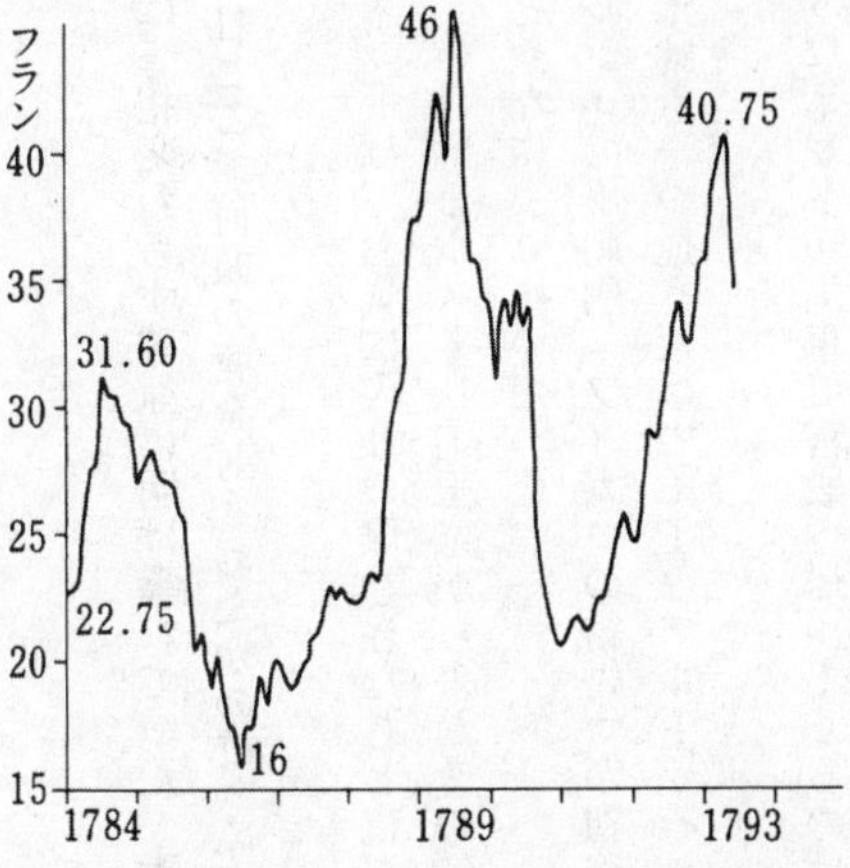

(J.GODECHOTによる)

それよりも、彼らの要求はつねにこうだった。

「パンの値段を下げろ」

2

ベルサイユ宮殿のフランス国王ルイ十六世は、相変わらず狩猟に明け暮れていた。誰を大臣にしてどんな政治を行なうかより、今日どこで何頭の鹿を射とめたかのほうが、彼にとってはよほど重要だった。

まだ三十前の美しい王妃マリー・アントワネットは、お気に入りの取巻きたちと夜ごとパリへ出かけ、観劇に舞踏会にと遊び回っていた。オーストリア王家から来たこの気位の高い女性は、退屈するのと貧乏くさいのとがなにより嫌いだった。

この春パリのフランセーズ座では、ボーマルシェの風刺劇「フィガロの結婚」が初演されて人気を集めていた。王妃の同国人で、年齢も一つ違うだけのモーツアルトがそれをオペラにするのは、二年後である。

パリで楽しい時間を過ごしたマリー・アントワネットが馬車で宮殿へ帰ってくるのはもう夜が明けるころで、不恰好な身体つきのルイ十六世は何も知らず眠りほうけている。

それでも二人の間には王女と王子があったが、王子が父親にまるで似ていないというので、あれは私生児だとパリ雀たちはうるさかった。

宮殿の政治家たちの地位は、功績よりも、腰のかがめかたで決まった。王や王妃の取巻きに媚びへつらうものだけが出世する。ロココ風の華やかな舞台の裏側では、すべてが頽廃しきっていた。

そんな中に、もし国を憂うことのできる政治家がいたとしたら、パンの値上がりに不吉な前兆を嗅ぎとることができたかも知れない。というのは、パンの値が上がると暴動が起きるのが、フランス社会のくせのようになっていたからだ。

一七〇九年がパリの大飢饉の年として知られているが、このときには地方から小麦粉がパリへ入らず、高騰したパンを買うことのできない数百人の市民が餓死した。

一七二五年にはパンの価格はさらに高くなった。市民たちはもはや黙ってはいなくて、パリに暴動が発生した。その責任を問われて、担当大臣が辞任させられている。

一七四〇年に四ポンドのパンの価格は二十スーに達した。非熟練労働者の一日の賃金にあたる。これでは生きていけない。国王はルイ十五世だったが、

「パン！　パン！」

という群衆の叫びに連日襲われた。

枢機卿は怒った女たちに取り巻かれ、寄ってたかってののしられた。

監獄に収容された囚人たちは、パンの支給量が減らされたことに憤って暴動を起こした。五十人の囚人が射殺されたのち、暴動は鎮圧された。

ルイ十六世が即位した翌年の一七七五年「粉戦争」と呼ばれて史上名高い食糧暴動が、パリとその周辺に発生した。その年の小麦価格が頭抜けて高くなったことは図6に見る通りだが、その原因は前年が不作だったのに、穀物自由流通の政策がとられたところにあった。

ただでさえ不足の小麦を業者たちは買い占め、売り惜しみをする。パリでは四ポンドのパン価格が三月初めに十一・五スー、四月末には十三・五スーになった。

人びとはパン屋の店頭に群れ、元の値段で売るよう押し問答した。なかには小銭を置いただけで、ひったくるようにパンを持ち帰るものもいる。店主が抵抗すると群衆はしだいに乱暴になり、店を壊し、掠奪をはじめた。やはり腹を空かせている警官たちは、見て見ぬふりをした。

パリの中央粉市場も掠奪された。暴動はさらに市外へ向かい、イル・ド・フランス、オルレアン、ノルマンディへと広がっていった。驚いた政府は軍隊を動員し、パリと周辺で四百人以上の暴徒を逮捕して、百六十二人を起訴した。うち二人がパリの広場で絞首刑にされたが、一人は十六歳の少年だった。

起訴された百六十二人はほとんどが貧しい賃金労働者で、田舎から出てきて家もないような少年も混っていた。つまり「粉戦争」は、パンの値上がりで食べていけなくなった都市貧民が、やむなく起こした暴動だったのである。

こうした都市貧民層の暴動に、社会的な力を備えてきつつあるブルジョアジーと、圧倒的に人口が多い農民が加わったとき、いったい何が起きるか——答えは一七八九年に出るのだが、狩猟にうつつをぬかすルイ十六世にとって幸運なことに「粉戦争」はそこまでは暴走せず、半年ほどで尻すぼみのうちに終わった。

3

パンの高値＝暴動、というくせがフランス社会についてきた原因の一つは、人口の増加にあった。

十七世紀末にざっと千九百万と見積もられていたフランスの人口は、それから一世紀後のこのころ二千八百万に達していた。国内で戦争がなかったのと、ペストのような流行病が少なくなって大人の死亡率が下がったのが、人口急増をもたらした。

ところが当時のフランス農業は、急増する人口を支えるにはあまりに旧式で、牧歌的にすぎた。イギリスではすでに開発されていた鉄製の鋤《すき》がこの国にはなく、中世さながらの木製農具が耕作に使われていた。

耕地は増加の傾向にはあったが、集約して耕作する知恵がなく、きわめて生産性が低かった。おまけに肥料についての知識が乏しいために、どの麦畑も二、三年に一度ずつ休耕して地力を回復させなければならなかった。

そんなこんなで、人口の四分の三が農民だというのにフランス農業の成長率はきわめて低く、人口のそれにとうてい追いつけなくなってきていた。それでもお天気さえよければ、そこそこ王国じゅうに行き渡るだけの収穫はあった。だが、いったん旱魃や冷害に見舞われると、たちまち絶対量が不足する。そしてその場合、しわ寄せは必ず社会的弱者に来た。

とりわけ人口増は農村でいちじるしかった。ところが農民の三分の二は自分の土地を持たない小作農なので、失業者がふえる。彼らは森を開拓したり、炭焼きをしたりしたが、それでも食えなくなると未熟練労働者として都会へ流れ込む。あるいは徒党を組んで放浪し、ときには武装して掠奪をやった。

フランスにはそのような下層階級がおびただしくふえつつあった。少しでも収穫が悪く、パンの値段が上がると、彼らはたちまち食えなくなる。パン屋を襲ってでも口にするものを求めるより方法がない。武装している連中は、数を集めていっそう乱暴になる。

いってみればこの王国は、お天気だけが頼みだったのである。

田舎で食えなくなった連中が流れ込むパリは、当時人口六十万だった。そのうち、特権階級で食うに困らず、昔ながらに「労働は恥ずべきもの」と考えて暮らしている貴族、僧侶が、それぞれ五千と一万五千。平民だが、労働に価値を見出し、額に汗することで経済力をつけて社会的な力を持ちはじめているブルジョアジーが十万五千人いた。そして残りの五十万近くが、一日二十スーから五十スーの賃金をもらう労働者や使用人と、その家族だった。彼らはいつも貧乏で、食えるか食えないかのぎりぎりのところで、それでもできるだけ陽気に、日々を送っていた。

パンの値段が上がると彼らの陽気さはたちまち吹っ飛び、値を吊り上げている犯人がどこにいるか、探し求めはじめる。そして、パン屋や小麦商人が買い占め、売り惜しみをしているに違いないと信じて、暴動に走る。

天候が悪いからだ、などとは彼らは決して考えはしない。自分たちを飢えさせる陰謀をたくらむ悪い連中が、必ずどこかにいるのだ。

そう考える点で彼らはきわめて素朴であり、それだけに危険だった。パリの人口の大半は、そのように危険な階層によって成り立っていたのである。

しかし、ルイ十六世にとってまたしても幸運なことに、一七八四年のパンの値上がりは暴動をもたらさなかった。「粉戦争」のときほどの高値にならないまま、値下がりしはじめたからだ。

前年のラキ噴火による農作物への直接的影響が、イギリスほどひどくなく、なんとか端境期を乗り切れそうだった。それに、寒かった四月が過ぎると、五、六月の小麦の生長、成熟期には気温が上がった。今年の収穫は悪くなさそうだ、という見通しが、敏感に市場に反映されはじめたのに違いない。

だが、五、六月の気温が上がったからといって、前年夏からの異常気象が解消されたわけではない。ラキ、浅間の青い霧はまだ厚く北半球をおおっているはずだし、偏西風の蛇行とあいまって、いつ、どこに低温や長雨がもたらされるかわからないと思わなければならない。危険はパリの労働者にではなく、その頭上の空にあるのだ。

むろん王国政府には、そんなことに気づいているものは一人もいなかったが。

4

もう一つ、ルイ十六世とフランス王国政府が気づいていなければならないことがあった。それは、一七八〇年代に入って隣り合ったあちこちの国で大衆の暴動が起きはじめている、ということだった。お天気やパンの値段に関係なくても、ヨーロッパの大衆は短気になってきていたのだ。

まず一七八〇年ロンドンで、反カトリックに端を発する暴動が起きた。いわゆる「ゴードン反乱」である。

ゴードン卿に率いられた暴徒たちははじめ、カトリック教徒が出入りする外国人大使館に放火するなど、宗教色が濃い動きをしていたが、日を追って数がふえ、牢獄や銀行を襲い、酒倉庫に火をつけた。牢獄の囚人たちは解放され、酒倉庫は大火災を起こして、巻きぞえになった百人もの市民が死んだ。

暴動は数日で鎮圧されたが、四百五十人が逮捕され、二十五人が死刑となった。起訴されたもののうち百十人の職業がわかっているが、うち七十六人が賃金労働者だった。すなわち、宗教的な争いに貧しい労働者たちが加わり、日ごろのうっぷんを晴らすために豊かな商人、あるいは権威の象徴を襲うようになっていったのである。

二年後の一七八二年にはジュネーブ共和国で、政治的権利を与えられていない平民たちが貴族政権に反抗した。平民たちは武器をとって戦い、政権の奪取に成功している。これは暴動というより革命で、反抗者たちは明らかに、ジュネーブ出身の啓蒙思想家ジャン・ジャック・ルソーの『社会契約論』（一七六二年出版）の影響をうけていた。その意味でこの革命は、やはり啓蒙思想を錦の御旗にかかげて数年後に起きるフランス革命の先駆といえた。ただ、新政権はフランスや、のちにスイス連邦を形成する周囲の共和国の軍隊に包囲され、あっけなく瓦解した。

オランダでもジュネーブと前後して、国家元首に反抗する革命的な動きが起き、武装した対峙が続いていた。やがて中下層の商人や労働者の蜂起がアムステルダムで起き、掠奪も始まる。このときの暴徒たちは追われてフランスへ逃げ、ジュネーブからの逃亡者ともども、革命思想を王国へ持ち込むことになった。

フランス政府は、ジュネーブへ出兵していることからすれば、周囲の国々の動きに必ずしも気づいていなかったわけではない。だが、そうした大衆の反抗から、何も学ぼうとしなかった。

出兵といえば、フランス政府はアメリカ独立戦争を援助して義勇軍を送っていた。イギリス軍に対する植民地の反抗を支援したのだから、ジュネーブ出兵とは矛盾するのだが、イギリスの強大化を牽制するのが目的だった。

戦争は一七八三年植民地側の勝利で終わり、パリ条約でアメリカ合衆国の独立が承認されたが、このときの援助はフランスに多大の財政的負担を強いた。公債で経費をまかなってきたけれども、平和が回復されたのちもなお増税したくらいでは赤字が埋めきれず、財政危機を迎える結果になった。これはやがてフランス革命の原因の一つになる。

また、独立戦争を助けて帰国した将兵たちは、王様も貴族も特権を持つ僧侶もいなくて階級身分のないアメリカという新興国が、いかに自由で平等ないい国であるかを、身をもって体験してきた。その中には義勇軍を率いて戦ったラファイエット侯爵や、その義兄ノアイユ子爵のような貴族も少なからずいた。彼らはすっかり自由主義者になり、王制に疑問を抱き、やがて王への反抗の先頭に立つようになっていく。

のちにフランス革命が始まったとき、ラファイエットは国民軍司令官になり「人権宣言」の起草にも加わった。フランス政権のアメリカ援助は、二重の意味で皮肉な結果を呼んだのである。

その間に、商工業や貿易の発達で経済力をつけた、平民の中でも裕福な階級であるブルジョアジーが、ジュネーブの人びとがそうだったように啓蒙思想の影響をうけはじめていた。

印刷術が進んできていたので、ルソーの『社会契約論』や『新エロイーズ』、『エミール』、理性にもとづく知識を盛ったディドロの『百科全書』、さらにはボルテールやモンテスキューの政治論、社会論、文明批評などがあいついで出版された。

フランス政府はこれらの本を危険とみなして取り締まったが、知識欲を封じ込めることはできず、かえって火に油を注ぐ結果になった。

むろん、今日のパンのことしか頭にない大衆は、そんなものは読まない。しかし知識層は、そうした本に描かれている理想と、王制の現実との間の矛盾に目を開かれつつあった。

あらゆる意味でフランスには、一触即発の危機が近づいてきていたのである。

意次VS.定信

江戸

1

一七八四（天明四）年八月、白河藩主になって初めて松平定信はお国入りした。地元は凶作だというので、旅の支度は万事簡素にし、いかにも大名行列らしい仰々しさは控えた。

白河へは四日ほどの旅だが、昨年の夏と違って道中は猛烈な暑さだった。この分なら、今年の収穫は昨年よりはよくなるかも知れなかった。

強い日差しに供人たちはあえいだが、沿道の人びとが何かと面倒を見てくれた。この前食糧輸送を手伝って手当をもらったことを忘れていなかったのだ。

江戸にいるうちに妻と妾をあいついで亡くしていたので、定信の周りには女っ気がまったくなかった。

「お若い殿がひとり国へ入られるのも、いかがなものかと存じまするが」

暗に、早く妾を選んで連れて行ってはどうか、とすすめるものもいたが、ここはひとりで行こう、と彼は決めていた。こういう時節だ。女を連れて歩くような真似はよくない。

そういう演出に細かく気を配る男だった。そして、ひとりのほうが演出効果が大きい、と決まると、もう周りに女っ気のないことを淋しいとも何とも思わなくなってしまう。頭で考えることのほうが先に立ち、喜怒哀楽の感情、ときには食欲や性欲のような本能的な部分まで簡単に欠落するのが彼の性癖だった。

地元に入った定信がまずしたのは、昨年来扶持米を削られて食うにこと欠いて不満を抱いている家来たちに、自筆の書状を出すことだった。

「どうしても苦しいものは願い出よ。人命には代えがたいから、どのような財宝も売り払って必ず助けよう」

そう書いた。

これで、もう少し米をふやしてもらわないとやっていけないなあ、とぶつぶつ洩れていた不平が、ぴたりと止んだ。みなの生命だけは守る、という強い決意と保証を殿様から与えられたことになるからだ。

「今年はこのままで、何とかやりくりいたします。決して苦しいとは思いませぬ」

家来たちは一人ひとり書状にして応えた。

定信が、うれしい、と思うのはこういうときだった。法度や禁令、格式を調べ、このようにせよ、と下々に命じる。あるいは今度のように決意を伝える。それに対して思った以上にいい反応が出ると、うれしくてたまらなくなる。

「愛するわが子がいいことをしたときに親が喜ぶのと同じ感情だ。たとえようもなくうれしくなる」

定信自身はそういった。つまり彼の感情は、そういう面でだけ肥大していた。ほかの感情や本能の犠牲のもとに。

また、近くの山に霊社をつくって、藩祖松平定綱の像と宝刀をまつった。

「政事というものは、何かをあらためることによって人気が変わるのだ」

そう彼は思っていた。初めて白河に先祖をまつるのも、人心一新を狙ってのことであった。

白河城は、新しい殿様の初めてのお国入りだというので、部屋の畳を新しくし、襖障子を貼り替え、庭には築山をつくって珍石奇木を置き、装いがこらされてあった。

ところが定信は、家督を継いだとき江戸藩邸でしたのと同じように、畳を下男部屋に使うような縁どりがなく粗末な琉球表のものに替え、襖障子の豪華な紙は剝ぎ取らせて安いものに貼り替えさせてしまった。

庭の築山は壊し、珍石奇木をほしいものに与えて、あとを平らにすると水を引かせた。

「この庭は水田とし、稲苗を植えることにする。城中のものは、それを毎日眺めて百姓の辛苦を知るよすがにするとよい。それに、生育の様子を見ればその年の豊凶がよくわかるだろう」

いかにも百姓と米を藩政の基礎と考える彼らしいやり方である。反面、質素倹約の演出もここまでくると、嫌味な殿様だ、と思ったものも少なくなかったに違いない。

2

腹を空かせた白河藩士たちは、武道と学問を強いられることになった。

もともと武士というのは、いったんことがあったときに武器をとって、藩あるいは国のために働くべき存在だ。それが長い平和になれてしまって武芸を怠り、とかく贈賄して出世をはかったり、飲食や遊興にうつつを抜かしている。それが定信には我慢がならなかった。

建てたばかりの霊社のそばに花畑があったが、これを潰して講武場を建てさせると、弓、馬、剣の三術の鍛練に汗をかかせた。学問をすすめるため、毎月二回藩士たちを城中に集めて、自ら「大学」の講義を始めた。

また、有志のためには毎月一回和歌会を開いた。こうした会は終わったあとの酒宴が楽しみなのだが、定信は餅か団子しか出さない。よくて湯豆腐で、酒はまったく出ないところが、風流も質素に、という定信流であった。

和歌ならよいが、浄瑠璃《じょうるり》や長唄のたぐいが彼は大嫌いだった。あるとき家臣の中に浄瑠璃、長唄の得意なものがいる、と聞いて召し出し、実演させた。

終わると定信は、

「上手なものだ。たいした技じゃのう」

とほめてほうびを与えたあとで、ぴしりとつけ加えた。

「妙技には感心する。しかし、わが家には無用のものじゃ。今日より他家にてその技を振るうがよい」

他藩に召し抱えてもらえ、と暇を賜ったのだ。そういう、嫌なものの存在はまったく認めたがらない、病的とさえ思える潔癖さが彼にはあった。そして、その潔癖さとはじつは上に立つものだけが持てる我儘にすぎない、ということに彼は気づいていなかった。

ともかくも家臣にしてみれば、出ていけ、といわれたら困るので歌舞音曲はいっせいに慎み、剣道に精出すふりをするか、下手な和歌をよむしかすることがない。すると定信は、家風がおおいに改まった、と喜ぶのだった。

一方で彼は、凶年を繰り返さないために、領民に対して細かすぎるほどの指示を与えることも忘れていなかった。泉藩主本多忠籌に教えられて、江戸にいるうちから出した指示もあった。いわく、苗代に播く種籾をよく選べ、用水路はきちんと修復しておけ、肥料はかくかくのように与えよ……。

「苗の生育の状態をよく見よ。苗の足りないところへは、余っているところから融通せよ。苗の育ちが悪いところでは、すみやかに代わって畑に稗を植えさせて補うようにせよ」

各地の代官は命じられた。

百姓たちが腹を空かせていることは武士以上だったので、つぎのような善政の告示をして励ました。

「昨年貸し下げた金、穀物は、その半額を今後五年の年賦で返せばよい。残りの半額の返納は免除する」

今年の稲作だけでなく、先のことを考えて植林を奨励した。山や道沿いに松、杉、ひのき、けやき、栗などを植えさせて、村々に保護を分担させる。

桑、漆、こうぞなども植えた。養蚕、漆器、紙づくりの産業振興を狙ってのことであった。

口減らしに農民が堕胎や間引きをするのをやめさせようと、領内に地獄図を配ることもした。嬰児を殺した親が地獄で苦しめられる絵で、恐怖心をあおって悪習を絶とうというのだ。

農は国の本であってみれば、田を打つ百姓の数が減るようなことがあってはならない。手が足りなくなれば必ず田は荒れ、藩政を根底のところで揺すぶりだす。地獄図はそれを防ぐための、遠大な人口増加策であった。

「この世でもっとも重んずべきものは、なにか」

定信はよく近臣に質問を投げた。

神経質で厳格なこの殿様のご機嫌を損じまいと、家来は答える。

「申すまでもなく、殿でございます。君侯よりわれら禄を賜りますれば」

すると定信は、頭を振る。

「違う。食禄を与えているのは予ではない。農民なのだ」

ときには近侍を連れて外出し、農家に立ち寄って食事を乞う。農民はあわてて、あり合わせの食物を出す。

「食うてみよ」

定信は命じる。近侍があまりに粗末な食事に目を白黒させると、殿様はいうのだった。

「よいか、百姓はこのようなものしか口にせず働いて、藩士たちの食禄をまかなってくれている。それを忘れるなよ」

天明四年の白河藩の損毛高は、この年も雨が続くなど必ずしも天候はよくなかったが、それでも一万三千石ほどですんだ。前年に較べて、大幅な改善である。それが、前年ほど天候が悪くなかったからか、あるいは新しい殿様の施策よろしきを得たせいかは、誰にもわからなかったが。

3

津軽でも天明四年の春から夏への天候は、雨がいぜん多かったものの、前年に較べればよほどよかった。

だが、春先まで餓死するものがあいつぎ、領外へ去るものも続いて、領内の田のほぼ三分の二は耕すものもないまま廃田同様になっていた。

そのうえ夏の七月から八月にかけて、栄養不良で身体の弱った人びとの間に疫病が蔓延し、藩庁で急いで薬を配ったにもかかわらず、おびただしい人びとがまた死んでいった。

秋になっても多くの田は雑草が生い茂ったままで、せっかく天候が回復したのに収穫はごくわずかであった。もはや米の絶対量が足りないので、どうやりくりしても藩士に渡す扶持がない。武士をやめ、自分で廃田を耕すしか食っていく方法がない、というものが続出するようになった。藩ではこれを認め、藩士の土着を許した。背に腹はかえられない転業である。

十月末になってようやく津軽藩は、昨年来餓死したまま野ざらしになっているか、あるいは廃屋内に放置されっぱなしの人骨を拾い集め、供養を行なうことにした。犬が食い散らかしたのか、多くの骨がばらばらに散っている。一部だけ骨が欠けて横たわっているのは、その部分を人が持ち去ったのだろうか。髑髏《どくろ》の下から生えた草が、目の部分の空間を貫いて空へ伸びている。枯草が風に揺れるたび髑髏の目が動くようで、収集にあたる人びとを、ぎくり、とさせた。

拾われた骨は村の寺へ集め、卒塔婆を立てて供養した。寺のない村では野原に穴を掘って朽骨を葬り、やはり卒塔婆を立てた。

人影が絶えた津軽の山野には、おびただしい鼠が繁殖していた。家の中に餌がなくなったために、畑の大豆、小豆、菜、大根まで食い荒らす。

この年は豆や野菜もよくできた。やれうれしや、これでしばらく食いつなげる、と百姓たちが取り入れに畑へ行ってみると、根こそぎかじられて何も残っていないのだった。

気落ちして腹も立たず、捕えて食う元気もない。そんな農民をあざ笑うように、鼠どもは荒涼とした野を生き生き走り回っていた。

4

天明五年七月、一年近かった白河滞在を終えて、定信は江戸へ帰ってきた。

江戸でも彼には、しなければならないことがあった。一つは田安家の跡継ぎを決めることだ。三家三卿の中からしかるべき人物を探すほかないのだが、誰に白羽の矢を立て、どう交渉すべきか、よほどよく考える必要があった。

彼がひそかに候補としているのは、一橋治済の五男斉匡だった。一橋家は田安家と並ぶ三卿の一角であり、家格の点では釣り合いがとれている。治済にはほかにまだ男の子がたくさんいるから、嫌というどころか歓迎するだろう。

ただ治済は、かつて意次と組んで定信を田安家から追い出した元凶だ。嫡母宝蓮院はいまでも、

「あの人に田安家を潰された」

と深く恨んでいる。定信自身も、腹のおさまらない思いを持つ。

しかし、長男家斉を世子として将軍家へ送り込むことに成功した治済が、いまや三家

三卿の中でもっとも大きい発言力を持つようになってきているのは、まぎれもない事実だった。ならば、怨讐《おんしゅう》を越えて治済と結ぶことが、意次を切り捨て、将軍家の政治を正しい道に戻すためのいちばんの早道ではないか。

「これまた憎むべき相手に向かって膝を折り、五男坊を養子にいただきたい、と頼みに行くのか」

定信は苦笑した。それでも、頭を下げるのは意次相手になれている。どうせ辛抱するなら、もう一人ふえても同じことだ。

問題は宝蓮院で、彼女はどうしても、うん、とはいわないだろう。もうしばらく待とう、と彼は決めた。

もう一つは、幕閣の改革である。帰ってきてみると、前年の田沼意知暗殺にもかかわらず、老中意次の権勢はいっこう衰えているようには思えない。それればかりかこの年の初めには五万七千石に加増され、ますます増長してきているらしい。金を積んでの猟官合戦の噂も、いっそうひどくなっている。この春には、北辺の千島、樺太へ数十人を調査のため派遣したと聞いた。なんでもロシアと交易を開く準備だという。

「南のオランダのつぎは北のロシアか。愚かなことだ」

吐き捨てるように定信はつぶやいた。

しばらく前に仙台藩の医師工藤平助という男が『赤蝦夷風説考』と題する書を著し、幕府へ持ち込んだ。ロシアがわが国の北辺をおびやかし、松前藩と衝突したりしているが、いっそロシアと正式に交易したほうが双方に利が多いのではないか、と書いてあるという。意次はこれに興味を持った。かねてから南蛮渡来の西欧文明に関心があり、蘭学者を自宅へも出入りさせていた開国派の彼が、北のほうの国にも目を向けようとするのは自然なことだった。

工藤の書によると、ロシア人は漂流してきた日本漁民などを通じて日本語を学んでおり、しばしば北辺へ船を出してわが国の地形を探ってもいる。侵略の意図を持っているかも知れないから危険だが、反面商取引を望んでいる様子も見えるので積極的に応じてはどうか。ロシアとの交易を通じて世界の様子がわかるようになるだろう――。

意次はこの意見を採用した。六十六歳になってなお、外国のことをよく知りたいという新鮮な探求心を失っていなかった。その結果、手はじめに調査隊が北辺へ派遣されることになったのだった。

定信はといえば、彼の政治哲学の根幹にあるのはあくまでも士と農だ。白河でやらせたように、武士がその本分に立ちかえり、かつ農を勧めれば、国はきちんと治まるのだ。

昨今の世の中は工商ばかり盛んで、士の精神、農の心は衰える一方だ。珍奇な工業製品がもてはやされて民は奢侈《しゃし》に流れ、無用の財を費している。商家が力を持って、米をはじめ主要物品を勝手気儘に扱っているではないか。外国との交易はこの上さらに工商を盛んにしようとするものであり、本末転倒の唾棄すべき政策にすぎない。そのような愚かな政策を将軍にやらせている老中意次は、定信には許すべからざる存在だった。

彼にとって政治とは、天から命じられた国君の天職である。これを補佐するものも、そのことをよく知っていなければならない。だが、学問のない意次には、それがまったくわかっていない。天職であるからには上に立つものは、自ら欲望を抑制し、下に範を示さなければならない。であるのに、意次がしているのはまるであべこべだ。だから民もまた欲望のおもむくままに行動しはじめ、道徳もなにもない世の中になってしまったではないか。

定信は、朱子学を通じて幼いころから学び身につけた自分のそのような儒教的思考を、絶対に正しいものだと信じていた。信じるがゆえに、そのような思考を持たないものはすべて愚かで、誤った存在でしかない。

民とは本来、欲望のおもむくままにしか行動しないものなのだ。治世治民とは、その欲望のおもむく先を上手に見つけてやれば、それでいいのだ。意次は学問はなかったかも知れないが、そのことをよく知った政治家だった。だから彼の政策は細かいことにこだわらず骨太で、魅力があった。

そこへいくと、禁欲を大前提とする定信のそれはやせて、ひからびていた。しかし、ともかくも彼は、自分が絶対に正しいと信じている。その信念を幕政に反映し、従来の誤りをことごとくしりぞけ、将軍に正しい政道を歩ませなければならないという思いはますます強い。そのためには少しでも早く出世し、幕閣内に有利な地位を築くことだ。その積年の思いを遂げるには――。

憎むべき老中意次に賄賂を運び、頭を下げて頼むほか、方法はない。彼はせっせとまた神田の田沼邸通いをはじめた。

5

江戸へ帰って間もなく、二十八歳の定信は伊予大洲藩主加藤泰武の娘隼姫と再婚した。その新妻がいる藩邸へ、泉藩主本多忠籌はじめ、本多忠可、戸田氏教、堀田正穀らがしきりに訪ねてくる。

こうした以前からの同志に加え、松平伊豆守信明、松平紀伊守信道、加納備中守久周といった顔ぶれも新しく加わっている。

「白河藩は見違えるように変わった、と近隣諸藩の評判でござる。どのような政事をなされたのか、ぜひにうかがいたいものでござりまする」

「餓死人ひとりもなしとか。いかにしてあの大凶作を乗り切られたかお教えを……」

人びとは口々にたずねた。あの未曾有の飢饉を苦もなく克服し、見事に始末をつけて帰ってきたこの白面の青年藩主に、本多忠籌でさえ驚いていた。頭の中で立派なことを考えていても、いざ現場へ出てその通りやれるかどうか心配だったのに、どうやら自分が泉でしたよりもっとうまくやってのけたらしいのだ。

忠籌がびっくりするくらいだから、ほかの藩主たちは感嘆しきりで、足繁く話を聞きに来る。定信は機嫌よく、白河藩士に教えたこと、領民に対してとった施策を、詳しく話して聞かせた。いかにも得意げで、相手がうなずいているかぎり一日じゅうでもしゃべって飽きることがない。その間渋茶を出すだけで、酒やご馳走で決してもてなそうとしないのがまた、いかにも彼の流儀だった。

機嫌よくしゃべりながら一方で彼は、相手がどういう人物かちゃんと見ていた。そのあたりがさすがというべきで、気に入ったのは忠籌のほか戸田氏教、加納久周、松平信道、本多忠可といった顔ぶれだった。いずれも譜代小藩主だが、国元の政事をきちんとやっているうえ、江戸城での政務でも頭角を現してきている。

「いずれ自分が幕閣を率いるときには、頼りにしていい面々だ」

ひそかに彼は思うのだった。

なかには、白河藩治の成功でにわかに評判が高くなった定信といまのうちから交わっておくのが得、と考えたものもいたかも知れない。定信が手腕を買われて幕閣の階段を昇るときに、連れて上げてもらえる期待が持てるからだ。

いずれにしても定信の周りには、冷飯組がどんどん集まってくるようになった。その意味ではこの時期に初めて定信とそのグループは、成り上がり組に対抗する譜代小藩主を軸とする反田沼派として形をとった、といえる。

それは、田沼派が政権の中枢を占めている中では危険なことだった。意次は気づかなかったのだろうか。あるいは気はついていたが軽く見たのだろうか。というのは天明五年の暮れ、定信を溜間詰《たまりのまづめ》に抜擢《ばってき》する人事が行なわれたからだ。

大名の殿中詰所は、一定の詰所がない無席から始まって、三万石以下無職の譜代大名が詰める「菊間」、十万石以下の譜代大名の「雁間」とランクが上がっていく。つぎが「柳間」、「帝鑑間」、「大広間」、その上が「溜間」だ。

この「溜間」は、御三家が詰める「大廊下」に次ぐ第二位のランクで、家門のすぐれたものか、選ばれた譜代大名しか詰めることができない。老中より上座を占め、老中とともに政務にかかわる重要なポストである。

定信は喜んだ。隠忍した甲斐があったと思った。これで老中意次と対等、いやそれ以上の立場で、幕政を論じることができるようになったのだ。

三卿の一つ田安家の出である彼には、客観的に溜間詰になる資格があった。それにしても、まだ二十代で異例の出世である。頭のいい子だ、と子供のころからかわいがってくれていた将軍家治が、白河での手腕を聞いて特別にはからってくれたのか。あるいは、田沼邸へ膝を屈し頭を下げて運んだ賄賂がものをいったのか。それとも意次の権威が衰えてきていて、この若いライバルの昇進を阻むことができなかったのか。

いずれにせよことは、定信がかねてひそかに狙っていた通りに進みつつあった。意次は懐剣で狙われるよりもっと危険な立場に置かれることになったのである。

大打ちこわし

大坂・江戸

1

一七八五（天明五）年から八六（同六）年春までの間、北半球の天候は全体としては比較的穏やかだった。

図3（一四九ページ）で見たように、ラキ、浅間の噴火によると思われる北半球の低温傾向は、多少回復したのちもいぜんとして続いている。局地的には異常気象も見られた。

日本では、仙台で天明五年夏から雨が多くて水害が起き、五十五万二千余石の損毛を出した。天明三年の五十六万五千余石にほとんど並ぶ大凶作である。だが、それを別にすれば陸奥では天気が悪くなかったし、全国的に収穫もまずまずだった。江戸にいた杉田玄白はこう書いた。

「この年は世の中が穏やかだった。五穀の値段も安くて暮らしやすく、誰もが喜んだ」

フランスでは一七八五年初夏に旱魃が起きた。表2はパリの降水量を月ごとに示したものだが、この年五月の雨量はわずか七ミリと極端に少ない。このため牧草が枯れ、餌がなくなった家畜が大量に死んだ。とくに羊には潰滅的な被害が出た。

麦作にも影響が懸念された。しかし、六月に入ってまずまずの量の雨が降ったため麦は無事に成熟し、そのまま大豊作となった。

この当時のフランスの小麦収量については年ごとの記録が残されていないが、一七八五年が豊作だったことは間違いなく、それを映して小麦価格、パンの値段ともに安くなった。

図7（一七三ページ）に示したセザンヌの小麦一キンタル（百キロ）あたりの価格は、翌八六年には十六フランと二年前のほぼ半値になり、記録的な安値をつけている。

おかげで市民たちは好きなだけパンを買うことができ、暮らしやすくなったことを喜んだ。パリの街は、江戸と同じように穏やかだった。

表2　パリの4～6月の降水量（ミリ）

年	4月	5月	6月	年間計
1781	16	23	63	362
1782	52	92	15	603
1783	18	62	86	597
1784	14	50	30	526
1785	14	7	51	442
1786	34	34	125	629
1787	67	99	43	597
1788	12	72	79	464
1789	53	23	64	500
1790	38	34	5	353
1791	65	41	8	402
1792	60	39	46	611
1793	16	16	21	330
1794	56	43	17	417
1795	20	28	69	483

（J. NEUMANNによる）

イギリスでは八五年にカートライトが蒸気機関利用の力織機を発明し、産業革命がいっそう進行しようとする。イギリスからの独立をかちとったアメリカでは合衆国憲法の制定が準備され、ジョージ・ワシントンが合衆国初代大統領に選ばれようとしていた。オランダで国家元首への反抗がまだ続いていたけれども、大づかみに見れば北半球には戦争も飢饉も暴動もない平穏な季節が戻ってきたように思われた。ラキ、浅間の青い霧はどうなったのだろう。年平均気温が低いままの状態が続いていることからすれば、いぜん対流圏か成層圏にとどまって太陽光線をはね返し続けているように思える。だが、北半球では誰もとり立てて寒いと騒いではいないし、農作物の生育もほぼ順調になった。もはや青い霧はその大半がどこかへ吹き払われてたいした影響力はなくなり、偏西風の蛇行も小さくなって、局地的ないたずらしかできなくなっているのだろうか。

それは誰にもわからない。けれども、短かった平穏な季節が過ぎると日本にもフランスにも、決して小さくない局地的な異常気象が起きはじめる。

そして、北半球的な規模の大異常に手ひどく痛めつけられたばかりだった人びとにとっては、局地的な異常であっても厳しくこたえることに変わりはなかったのである。

2

一七八六（天明六）年、江戸では春まだ浅いころからしきりに強風が吹き、名物の火事が頻発した。

「ちっとは雨が降らねえかい。これじゃ町じゅう焼けちまうよ」

江戸っ子たちが待ち望んでいた雨は五月に入って降りはじめたが、今度はいっこうにあがらず、六月の末まで連日のように降り続いた。

寒くて夏の衣に着替えるものはなく、みな綿入れを着ている。あの天明三年の夏と同じだった。

「あんまり冷たいんで、畑のものに実が入らねえとよ。これじゃいまに食うものがなくなっちまうぜ」

「この秋は凶作まちがいねえ。米の値段が上がるぞ」

町人たちはうんざりした顔で囁き合った。

七月に入ると風をまじえていっそう激しい雨の日が多くなり、時折りすさまじい雷鳴が加わった。道路はまるで田んぼのようになり、歩くこともできなかった。

江戸ばかりでなく、武蔵、上野、下野、上総、下総、常陸の関東一円をはじめ、日本じゅうに大雨が続いていた。

仙台領内では迫川に大洪水があり、会津でも阿賀川が氾濫した。信濃で千曲川と犀川に洪水があり、加賀では夏の間ずっと雨で稲が実らなかったうえ、水害で二万二千余石の被害が出た。

五畿内でも春から雨が多くて河内に大水があり、摂津では暴風雨のため淀川の通船二隻が転覆して十数人が死んだ。

四国で讃岐に洪水、九州では筑後川が氾濫した。まさに全国いたるところ水びたしだった。

八月五日、ついに江戸市中に出水が起きた。この日は夜に入ってとりわけ風雨が激しく、車軸を流すような大降りの中で隅田川が氾濫した。両国橋は大丈夫だったが新大橋、永代橋は一部流失し、水はどっと本所、浅草、深川へ流れ込んだ。また、あふれた水は神田川を逆流し、小石川、小日向、牛込から早稲田のあたりまで、低地になると大きな家で軒下、小さな家では屋根を洗うほどの洪水となった。

北は千住、南へ下って品川、西の渋谷、世田谷の郊外まで一面の水となる。東では江戸川もあふれ、惨憺《さんたん》たる有様となった。溺死《できし》者その数を知らず、江戸が開かれて以来の大出水である。

人々は屋根の上に登って助けを求め、蔵前通りあたりは船で往来した。幕府も急ぎ数隻の官船を出して溺れるものを救助して回り、両国と馬喰町の高台に御救小屋を建てて家を流されたものを寝起きさせ、朝夕の炊き出しを行なった。

江戸がこれほどまでの大水に見舞われることになった原因の一つは、隅田川を埋め立ててつくった中州にある、と取り沙汰された。田沼政権が建設を認めた例の歓楽街である。この中州は、新大橋の西岸を南へ二町四方ほど突き出したかたちで埋め立てられていた。中州町と呼ばれ、夏の夜には百を越える茶店がここにできる。隅田川を船で来た客は、茶店のまん前の桟橋から上がれる仕組みだった。新大橋のたもとには酒楼、見世物小屋が並び、遊女が群れ、雨さえなければこの夏も夜ごとの花火で大賑わいになるはずだった。

もう一つ、両国橋の東岸を西へ一町ほど突き出した出州があって、ここにも茶店が並んでいた。この二つの埋立地があるので、その部分で隅田川は川幅を狭められるかたちになった。大雨で水かさを増し激しい勢いで上流から押し流されてきた水は、この狭い部分でつかえ、両岸へあふれ出して洪水をもたらした、というのだ。

そういうことも、あったかも知れない。だがそれ以前に天から降る雨の量のほうが、川が呑み下せる容量をはるかに超えていた。べつに中州などない葛西、松戸、草加、越谷のあたり、すなわち古利根川や江戸川の上流でも、いたるところで氾濫は起きていたのだ。小岩、葛飾あたりの田は一面、一丈五尺もの水の下になった。江戸から関東平野の先まで、一つの海になってしまったようだった。

水は数日で多少引きはじめたが、なお一、二カ月江戸は水びたしだった。関東一円にわたって農作物は押し流され、あるいは泥水をかぶって駄目になり、凶作必至となった。

江戸の町民たちは、明日食うものにも困窮しはじめた。陸奥や出羽から陸路送られてくる物資は、途中で道路が水没しているので立往生してしまう。菜っ葉一枚、江戸には届かなくなった。

下総では利根川の氾濫で、干拓中の印旛沼、手賀沼がやられていた。手賀のほうは着手したばかりだったが、印旛はなかば完成していた。それが大水に流されて泥沼のようになってしまった。

田沼意次が、新田開発と運河建設という二つの壮大な目的で始めた土木事業は、いまは水の泡であった。

3

江戸の水がまだ引いてしまわない九月十一日、病床にあった将軍家治の容態が悪化したため、意次の推す二人の医師が派遣されて投薬、治療にあたった。

ところが薬を飲むなり家治は気分が悪くなり、苦しんで吐いて、

「これは毒薬ではないか」

と叫んだ。

翌十二日、十代将軍家治は死んだ。五十一歳であった。

三家三卿の重鎮らは将軍の死を伏せ、危篤ということにしておいた。危篤と聞いて意次が駆けつけると周りは、御上意である、と見舞いを拒んだうえ、覚えがあるであろう、と刀を突きつけて引退願を書かせたという。つまり、ご典医をしりぞけて新しい二人の医師を派遣したのは将軍を毒殺する目的からであり、将軍は激怒している、というのだ。

九月十九日、意次は老中を罷免された。

そのうえで二十九日、将軍の死が発喪された。

十一月三日、御三家と一橋家は一致して松平定信を老中に推挙することを決めた。

十一月二十五日になって、意次は五万七千石のうち加増の二万石を削られ、神田の屋敷と大坂蔵屋敷を没収されたうえ、謹慎を命じられた。

意次罷免の日に腹心の側衆稲葉正明が並んで免職され、続いて意次に劣らず賄賂好きといわれた勘定奉行松本伊豆守秀持、赤井豊前守忠晶の二人が罷免された。矢継早の田沼派追放であった。

十二月二十一日、家斉が家治のあとを継いだ。十一代将軍である。政変の核はむろんこの急激な政変劇の裏にあったのは、いったい何なのだろう。政変の核はむろん将軍の死だが、はたしてそれは毒殺だったのだろうか。

将軍家治が死んでいちばん得をするのは誰か、という犯人探しをすれば、意次は白だ。彼は家治に密着していたからこそ老中になれたのであり、いぜん大奥を通じて隠然たる影響力を将軍に対して持っていた。だから家治に死なれていちばん困るのは彼であり、殺す理由がまったくない。

得をするのは一橋治済だ。わが子家斉を世子として将軍家へ送り込んであるから、家治が死ねば新将軍の実父になれる。陰の大御所としての権力が握れるのだ。しかし、このとき家斉はまだ十四歳だ。急がなくても熟柿が落ちてくるのをじっと待っていればいいわけで、治済を犯人と見るのも当たらない。

将軍の死の利用法となると、これは三家三卿側が意次よりはるかに巧みであった。意次を疎外したうえで、ありもしない謀殺の嫌疑をかぶせ、まんまと追い払ってしまったのだ。

なぜ意次は追われたのか。

それは、定信と治済の間に強い結びつきが生じたからだ、と見るほかない。

この年の二月、定信の嫡母宝蓮院は世を去っていた。それを待つように彼は治済に会い、かねて考えていた五男斉匡を養子にもらいうけて田安家を継がせる件を切り出した。

治済は驚いたに違いない。定信は田安家から追われたことで、当然自分を恨んでいるものとばかり思っていた。ところが、どうもそうではないらしいうえ、田安家が一橋家に併呑されるような話を腰をかがめて頼みにきたのだ。嫌なはずがない。治済は喜んで斉匡を養子に出す約束をし、にわかに定信にただの親戚以上の親近感を覚えた。

一度は、この男が将軍職を継ぐのではないかとおびえ、意次と組んで追放した俊才である。だが、長男を将軍の世子にすえてしまったいま、おびえることはもう何もない。むしろ、俊才のほまれ高いがゆえに、こちらへ取り込んだほうが得策ではないか。

煙たがってきたこれまでの態度が嘘のように、治済は愛想よくなり、なにかと話をしたがるようになった。それこそ定信の思うつぼだった。

宝蓮院死去の直前に溜間詰に昇格して、いまは定信も公けに政治を相手と議論できる立場である。思うさま田沼政治の愚と弊害を説き、徳川家のために本来の正しい道に帰るべきだと熱弁を振るったと思われる。

「譜代小藩主の間にはすぐれた人材が多く、将軍家のためお役に立ちたいとつね日ごろ願うておりまする。しかるに賄賂を使うような真似が不器用なばかりに登用されることなく冷飯に甘んじ、屁の役にも立たぬ成り上がり者が老中に取り入って出世いたす。いまの幕閣は不義不忠者の天下、根元から腐っておりまする」

いわれて治済も考え込む。なるほど、家康の昔から仕えてきた譜代の藩主たちが冷遇されるのはよくない。老中意次に金を積み、取り入ったものが出世するのもたしかで、腐っているといわれればその通りだ。

定信の議論はつねに、まっ向から正論をぶつけてくる。この理屈がわからなければおまえも不義不忠の徒だぞ、といわんばかりの迫力がある。治済の立場では正論をかわして逃げることはできないから、定信はいっそう正論で武装し、ますます迫力は大きくなる。

治済はその迫力に圧倒された。すすめられて定信と交際のある譜代小藩主たちに会ってみると、みなそろって忠義の士であるうえ、田沼政治を憎んでいることもわかってくる。眼を開かれるような思いだっただろう。

「これは、意次と手を切らなければいけない」

治済は思うようになっていった。そこへ起きたのが将軍家治の突然の病死である。老《ろう》獪《かい》な政治家の彼が、この機会を逃すはずがなかった。

三家との合議の席で、まっ先に定信を新しい老中に推したのは治済であった。三家としても、白河藩主としてたちまち鮮やかな手腕を見せたことで評判の高い定信に異存はなかった。

家治の時代、将軍の寵愛が厚い意次と組んでしたい放題をしてきた治済は、わが子家斉が将軍になったとき定信と組むことで、好きなようにやる道を選んだのである。

治済にとって幸運なことに、意次追放劇を大衆は、この前の意知暗殺事件よりもっと小気味よがり、喜んでいた。彼らにとって、政策の中身などはどうでもいい。絶大な権力を誇った為政者があえなく転げ落ちたそのことに、大水のあとの自分たちの難儀が軽減されるような、妙な救いに似た快感を誰もが味わったのである。

水害このかた江戸では灯油が欠乏し、米の値上がりが始まっていたが、それでも喜ばしいと例によって人びとははやし立てた。

水は出る　油はきれるその中に
何とて米は　高くなるらん
方々よろこべ　田沼が役は上ったはやい

4

定信は老中に推挙されたものの、年が変わって一七八七（天明七）年に入っても、いっこうその就任は実現しなかった。いぜん意次派で占められたままの老中陣と、意次に密着してきた大奥とが執拗に抵抗したからである。

新将軍家斉が定信登用に反対している、と老中らはいった。治済はわが子を反対派の頭目にかつがれた形になって、苦り切ってしまった。

大奥の老女大崎、高岳、滝川らも手をかえ品をかえ妨害に出て、定信の妹を使う作戦までとった。

定信と生母が同じのその妹は種姫といい、十歳のとき前将軍家治の養女になっていた。今年二十一歳、近く紀伊中納言家へ輿入れすることになっている。その種姫が、

「兄が老中のような重い職務を引き受けて、もししくじるようなことがあれば気の毒ゆえ……」

と強く反対している、というのだ。いまでは種姫は新将軍の姉にあたるわけだから、妹のやつ、なにをばかな、と笑い捨てることもできない。今度は定信が苦り切る番だった。

あまりごちゃごちゃと面倒なので、気の短い定信は白河へ出かけてしまい、

「さらに五カ年倹約を続け、財政を再建して藩政の基礎を固めるように」

と得意の倹約令を発して憂さを晴らしていた。

そんなさなかの六月二十六日夜、突如大坂に暴動が起きた。どこからともなく集まってきた暴徒たちが、熊手や槌、棒切れを手に天満伊勢町の茶屋吉右衛門の屋敷を襲った。豪商の日ごろの贅沢ぶりを恨んでいた彼らは屋敷を打ち壊し、高価な道具類を叩き砕いて引き揚げた。

これを合図のように翌二十七日には昼間から、市内各所に押買いの動きが起きた。わずか百文ほどの銭を持って米屋へ行き、

「これで米を二升売ってくれ」

という。話にならないので断わると、貧乏人には米は売れないのか、とすごみ、押し入って店内の米穀を奪い去るのである。抵抗すれば店を壊し、家財をそのあたりへ放り投げ、さんざんの乱暴を働く。

面白がって集まってきた群衆がやがて暴徒に加わり、二百軒の米屋が次つぎに襲われて、市中は騒然となった。

この押買いから暴動へというパターンは、一七七五年パリの粉戦争のそれとまったく

図8　京都における各年春季の白米小売り相場(石につき銀匁)

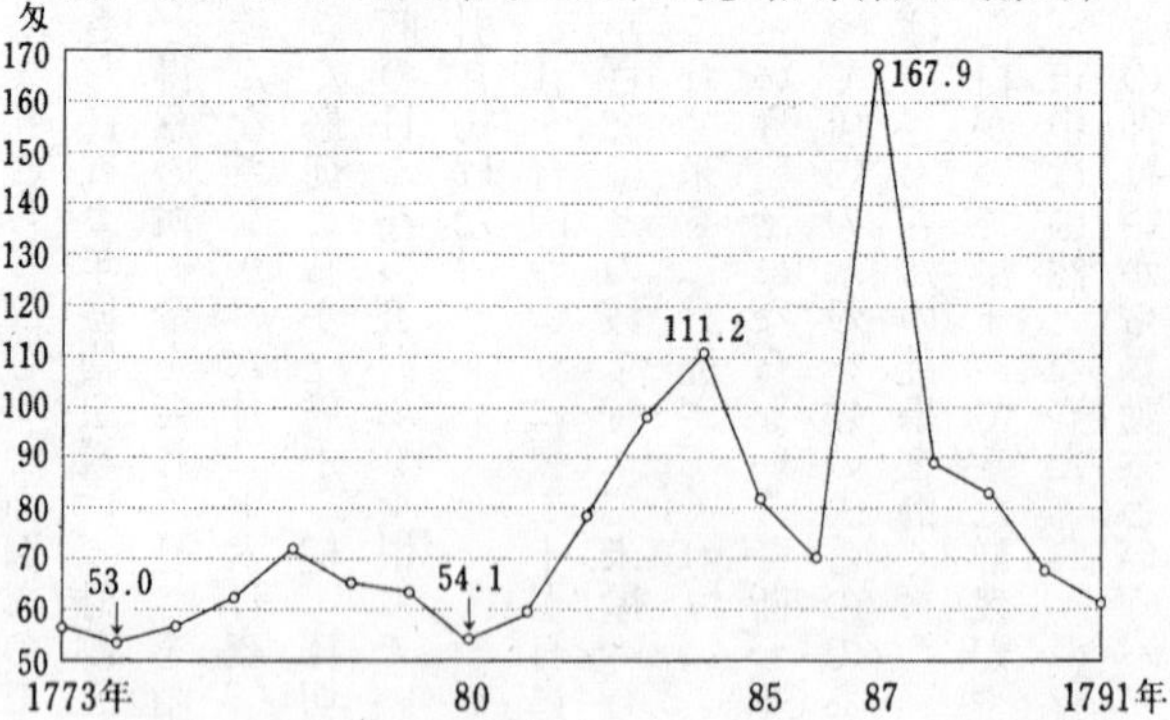

(三井文庫編「近世後期における主要物価の動態」による。作図は著者)

同じである。パンの値上がりで食えなくなった下層労働者たちは、わずかな金を握りしめてパン屋へ行き、

「これでパンを売ってくれ」

といった。売ってもらえないと暴れ出し、それに群衆が和して掠奪が始まった。

違う点は、パリの警官は見て見ぬふりをしたのに、大坂の町奉行はただちに捕り手を派遣し、暴徒を逮捕してたちまち鎮圧してしまったことだった。

「暴挙に付和雷同することはもちろん、見物に出ることもまかりならぬ」

触れが出され、町々には自衛組織をつくらせて警戒させることになった。暴動に屈しないため役人の見張りつきで米屋は営業を続けるよう命じられ、困窮するものにはわずかの量の米でもいやがらず売るよう指示が出た。米屋たちは暴徒に押し込まれないよう、店頭に丸太を組んでしっかりした垣をつくった。町民との米の売買は、その垣のすき間から行なわれることになった。

暴動が起きたのは大坂ばかりではない。周辺では堺、奈良、尼崎。西へ下って広島、博多、長崎。東では駿府、甲府、福井などにまるで誘い合わせたように同時多発的に米騒動が始まった。

いたるところで、貧しい人びとが同じように腹を空かせていた。前年の大雨続きで全国のほとんどの地域で米は凶作となり、この春以降の端境期に米価は暴騰して、大衆にはとうてい手の届かない高値になってしまっていたのである。

図8は一七七三（安永二）年から一七九一（寛政三）年までの春季をとって、京都での白米の小売り相場を示したものだが、初めの十年間は一石につき銀五十匁から七十匁台でほぼ安定しているのがわかる。

一七八三（天明三）年には前年の不作をうけて百匁近くまで急騰し、翌年には陸奥を中心とする大凶作を反映して百匁を突破した。その後も比較的高値が続いたが、一七八七（天明七）年春には暴騰してじつに百六十七・九匁という記録的高値をつけた。

当時京都の職人や人夫の手間賃は、大工、左官が一日銀三匁前後、畳屋二・七匁、日雇一匁であった。庶民の収入に較べて、いかに米価が高くなったかがわかる。これでは暮らしていけない。

天明三年の凶作は、おびただしい餓死者を出す悲惨な結果を呼んだが、それでも陸奥地方のいわば局地的現象にとどまっていた。だが天明六年の場合は、全国どこでも雨を伴う冷夏と出水にやられ、押しなべて平年の三分の一前後の収穫に落ち込んだ。収穫皆無ではないから農村に餓死者が出なかった代わり、買い占め、売り惜しみで米価が暴騰し、都市の下層労働者が苦しめられることになった。

幕府は、酒をつくる米を食用に回すための酒造半減令を出したが、これがかえって米不足を公認するかたちになって火に油を注ぎ、ますます米価は上がる。味噌、豆腐、塩、野菜などもつれて軒なみ高騰し、ふだんなら余裕のある町人でも朝夕粥をするか、麦飯、あるいは素麵《そうめん》しか口にできなくなった。もっと貧しい人びとの間では、わが子を飢え死させるよりはと、親子そろって川へ身を投げる心中まで起きるようになってきた。

そうなると、さまざまな噂が飛び交って、人びとの不安心理にいっそう拍車をかける。

「四国、九州、中国では蔵払いやそうやで。もう京、大坂へ送る米は一粒ものうなっとる」

大坂ではまた大雨があり、淀川があふれて中之島に濁水が上がる騒ぎがあった。すると、まことしやかにいいふらすものが現れる。

「今年も諸国大雨で、またまた凶作になるで」

昨年将軍家治毒殺の噂が伝わり、老中意次が追放されたことを小気味よがっているうちはよかったが、いっこう次の政権担当者が決まらない。そのことも大衆に腹を立てさせた。

「あいつらが悪いんや。たら腹食って政権争いにうつつを抜かしとる。あの連中のおかげで餓死させられたらかなわんで」

空腹にそうしたもろもろの心理が加わり、ついに押え切れない衝動としてはじけ出る。諸国での同時多発的暴動は、起きるべくして起きたのであった。

5

天明七年七月三日、暴動は江戸に飛火して、大打ちこわしが始まった。本所扇橋、深川六間堀あたりの米屋が襲われたのがきっかけだった。

五日の朝になると、どこから来たのか、齢のころ十七、八、前髪姿で美少年の大若衆が赤坂に現れ、暴徒を率いて四谷、青山あたりまで米屋を残らず打ちこわした。

美少年は鳥のように軽々と飛び回るばかりか、見かけとうらはらに怪力の持ち主で、大八車を押して米屋の戸を突き破る。あるいは土蔵の金網を片手で引きちぎる。もう一人、力士のような力持ちの大入道が加わって、二人でさんざんに暴れ回るあとに、数百人の暴徒が続いた。

米俵をかつぎ出して家の前で破る。米が路上にあふれ出る。その中に、ちぎった着物や金屛風、帳面のたぐいを放り込んで、集団はつむじ風のようにつぎの米屋へ向かって行くのだった。

翌六日には、打ちこわしはいっそう組織的、かつ大規模になった。午後二時ごろ芝金杉から本芝高輪へかけて、四時には新橋から京橋、南伝馬町あたりまで、米屋、乾物屋が軒なみやられた。

夕方になると日本橋から伊勢町、本船町へかけて暴徒が荒れ狂った。相変わらず美少年が先頭に立って怪力を振るい、本船町のある米屋では暴徒が去ったあと二階に大八車が二台放置されていた。

夜になって、小網町付近、鎌倉河岸、蔵前通り、湯島本郷あたりと、あちこちでほぼ同時刻に、三百人、五百人と集団になった暴徒が米屋を襲った。あらかじめ時間の打合せをしたに違いないと思われる動きであった。

山の手から下町まで大通りに面した商店は木戸を固く締めて、江戸じゅう灯が消えたようになった。その間を暴徒たちは、鉦《かね》や太鼓を打ち鳴らして走り回る。酒屋などは、米屋と間違えられて襲われるのはかなわないと、わざわざ戸を開いて灯をつけ、表に酒樽を並べた。暴徒が来たらお辞儀して迎え、酒を振る舞ってやる。

暴徒たちはあらかじめ襲撃目標を決めていたと見られ、大きな店ばかりが狙われた。米屋だけでなく、質屋、木綿屋、油屋、味噌屋などもやられた。ものを奪って逃げるものがいれば、それを制して盗品を取り返すものもいた。ただ、火をつけたり、人を襲ったりはしていない。その点についても申し合わせがあったものと考えられ、よく統制がとれて節度のある暴動であった。

大商人の中には女子供を連れて避難するものが出はじめた。扶持米を運ぶ大名の車は、襲撃を怖れて四、五十人の武士が警護するようになった。

その間にも、狼藉ものがあちらに現れた、こちらへ向かって来る、と噂が飛び交い、江戸は無政府状態になりつつあった。町々では自衛組織をつくり、目じるしの鉢巻を締め、竹槍を手に暴徒の襲来に備えた。

八日になってようやく幕府と町奉行は、大打ちこわしの鎮圧に乗り出した。町内ごとに調べて無頼の徒を召し捕え、手に余る場合には切り捨てる、騒動の場にいる見物人も捕える、という強い態度であった。

同時に窮民救済のため米六万俵と金二万両が特別に幕府から支出されることになった。潮が引いたように暴動は収まっていった。米六万俵の収穫に満足したのかも知れない。あの大若衆と大入道がどこへ消えたか、誰にもわからなかった。

わずか数日の暴動で、江戸じゅうで千軒近い米屋と、合わせて八千軒を超える商家が打ちこわされていた。暴徒の総数は五千人に達したと見られるが、運悪く捕えられたものはわずかで、首謀者と思われるものはその中にはいなかった。大半が貧しい小商人か職人、米価高騰でほんとに食えなくなった人びとである。

捕えられたもののうち三十人の名や職業がわかっているが、一人を除いてみな店借(借家人)か、その同居人だ。小商人十七人、職人九人、日雇二人。裏長屋のわびしい生活が想像できる。

このことは、パリの粉戦争でパン屋を襲撃した暴徒が、裏町の下層労働者だったことを思い出させる。主食の値段が上がって賃金の範囲で買えなくなったとき、やむなく彼らは暴動に走る。その点で、洋の東西にまったく変わりはない。

ただ、パリの粉戦争と違って江戸の大打ちこわしでは、死刑になったものはいなかった。最高刑で入墨のうえ重追放だ。幕府にも、米の供給が十分でないという負い目があったのだろう。あるいはこういう場合民に憐れみをかけるのが、日本の為政者の伝統的な行き方なのだともいえる。

他方暴徒のほうにも、ほんとに幕府を困らせてやろうというつもりはない。まして徳川家の天下をひっくり返すような気持はまるでない。ただ多くの下層労働者の感情を代弁して、なんらかの譲歩をかちとればよい。だからこそ整然と、秩序正しく暴れたのである。

また、彼らがパリの群衆とまったく違っていたのは、刀や銃のような武器を持たず、奪って武装する意図もなかった、ということだ。彼らは暴徒ではあっても、殺人者の集団になることは望まなかった。この心情もきわめて日本的というべきかも知れない。

さらにまた、パリの粉戦争で見て見ぬふりをした警官と違って、あるいはフランス革命で群衆の側についてともに行動した兵士たちと違って、江戸の武士階級は決して大衆に同調しようとはしなかった。

武士、あるいは最末端といえ役人は、つねに食える側であった。したがって食えないものたちの騒ぎなど見下ろしていればいいので、歩調を合わせてやる必要はまったくない。

支配するものとされる側との間の力の差、意識の差があまりに大きすぎて、暴動はとうてい革命などに発展しえなかった。それこそもっとも日本的な状況であった。

清き流れに魚住まず

江戸

1

大打ちこわしの余塵もおさまった一七八七（天明七）年七月二十七日、一橋治済の五男斉匡が田安家を継いだ。

ついで八月二日、松平定信は老中首座に任じられた。

治済＝定信にとって、江戸の大打ちこわしをはじめとする全国の騒動は、従来の田沼政治を批判する絶好の機会となった。

「これはもう末世の現象である。民は上を甘く見、平気で将軍家に恥辱を与えておる。このようなことになったのは、誰のせいであるのか」

定信はいった。

例によって真っ向から正論を持ち出されると、反論ができない。うかつに反論すれば、

「これを将軍家の恥辱と思うのか、思わないのか」

とやりこめられてしまう。

この論法を振りかざされることがわかっているから、ついに大奥も折れた。意次復活の要求を引っ込めざるをえなくなった。

気の毒なのは意次だ。前年九月に老中を罷免されてから一年近くの間、幕閣に残る田沼派と大奥の反対によって定信を登用させないできた。野に下ってなお、それほど強い力が彼にはあった。

その間彼は将軍家斉に、自分がいかに忠誠の士であるかを綴った上奏文を奉っている。復活の意欲満々で、反田沼派との間の力のバランスが少しこちらへ傾いたら、復権することもあったかも知れない。現実に、老女大崎たちからの意次再任の声があまりに強いので家斉も、そうしようか、と考えた時期があったほどなのだ。

しかし、大打ちこわしが決定的にバランスを失わせた。米の値上がりに無為無策で騒動を呼んでしまったではないか、といわれると、当時の責任者として申し開きできないのだ。

じつはそれは、意次のせいではなかった。天明六年の異常気象で全国に大雨が続き、収穫が三分の一に激減したのが、米価暴騰のほんとの原因であった。かりに定信が老中をしていたとしても、三分の一の米でどんなやりくりができただろう。白河藩だけの面倒を見ればいいのとは、わけが違う。絶対量が足りないのだから、米価は必ず上がる。

そして同じように打ちこわしが起きたに違いないのだ。

二人の明暗を分けたのは天候だった。そしてそれがもたらした大打ちこわしによって、意次は息の根を止められたのである。

股をくぐる恥辱に耐えてついに仇敵を倒し、とって代わった三十歳の定信は、さぞかし得意だっただろう。初登城の日彼は、わざと駕籠《かご》をゆっくり行かせた。庶民が政治の不満を訴え出るいわゆる駕籠訴をしやすいように、というのだった。駕籠から降りた姿はというと、これが老中首座かと思われるような質素な木綿と麻の礼服に、ごま味噌の弁当を持っていた。これまた、いかにも彼らしい演出である。

八月十三日将軍家斉は、享保の政治に戻ることを布告した。田沼時代に長く続いた奢侈と賄賂を廃し、定信の祖父にあたる八代将軍吉宗が享保の改革で行なったような勤倹と尚武の風を取り戻して政治を刷新する、というのだ。むろんこの布告は、定信の施政方針であった。

二十九日、本多弾正少弼忠籌が若年寄に抜擢され、勝手掛を兼ねることになった。かねて定信が心服していた盟友であり、諸大名や世間に倹約を命じる財政担当としてはうってつけの人事であった。

忠籌はわずか一万五千石、地味で目立たない小藩主にすぎない。それが賄賂も使わず若年寄に昇進し、立派な上屋敷をもらって下谷の屋敷を引き払ったので、こんな落首が現れた。

大判も小判もいらず下谷より

辰の口へと飛んだ弾正

田沼時代の大老井伊直幸は辞任したが、老中には松平康福、水野忠友ら田沼派が残っている。これを早く切って新進と入れ替え、大奥の粛清をはからなければならない。忠籌の起用は、定信にとって不可欠なそうしたステップの第一歩であった。

そのような定信の姿勢を、世間は好感をもって迎えた。一部には熱狂に近い歓迎さえあった。文武両道左衛門世直——江戸の町民たちは定信のことをそう呼んだ。文の道にすぐれ、武を奨励する人が、世直しに現れた、というのだ。

蘭医杉田玄白は、定信登場のわずか三カ月後には世間の乱れや悪風がなくなり、武芸や学問が盛んになりはじめた、とし、

「会うことがむずかしいと思われたいい世の中に、再び会えたのはなんとうれしいことだろう」

とまでその治世の開始を絶賛した。

おまけにこの年は天候がよかった。夏の初めのうちは全国的に昨年のように雨が多く、

大坂では淀川の水が中之島にあふれたし、江戸でも陽の光が薄いように思われて、また凶作か、というものもあった。

ところが、定信が老中首座に任じられたころから空はよく晴れて暑気が戻り、豊作となった。市中の米の値段はたちまち下がり、江戸では秋には春先のほとんど半値になった。

庶民が定信を「世直」と呼んだのも、米の値が下がったのを喜んだからにほかならない。意次と違って彼は、天候に恵まれた幸運な男であった。

2

知識人から庶民まで天下あげて歓迎されながら、というより、あまりに熱狂的に迎えられたがゆえに、早く辞めようと定信は思っていた。

老中首座に任じられて三カ月ほど経った天明七年秋には、早くも御三家に、

「いまは困難な時期ゆえ大任をお引き受けするが、一年もして幕閣を新しくきちんと建て直すことができたら、自分は辞任したい」

と申し入れている。

その理由は、いかにも彼らしいものだった。つまり、政治というのは新しくなったと

きにはつねに歓迎され、期待される。しかし、時間とともに必ず飽きられる、というのだ。

「賄賂がなくなった、米の値段も下がった、とのどが乾いているときに水を得たように民は喜んでおる。だが、のどの乾きがおさまれば、また新しい不満を持ち出すのが民というものなのだ」

彼はいった。さすがに大衆というものをよく知っていた。

「いまは予のことを、聖賢のようにいうものがいる。だが、それがいつまで続くかな」

田沼時代にゆるんだ綱紀を引き締め、奢侈を禁じ、遊興に代わって文武を奨励しようと彼はしている。初めのうちは清潔で、すがすがしい政治と受け取られるだろう。だがしょせん役人というのは賄賂を使っても出世したいし、庶民はぜいたくをして遊びたい。禁制だらけの世の中を、うっとうしいと思うようになってくるに違いないのだ。

「正宗の名刀というのは、箱に入れてしまってあるからこそ名刀なのだ。包丁の代わりに使ってはありがた味はなくなる」

そうもいった。すなわち彼は、名君とたたえられる名誉だけがほしかった。長く権力の座にいれば、どうしても清濁あわせ呑まなければならないようになってくる。毀誉褒貶《きよほうへん》も激しくなる。そういうことは考えただけで嫌な男だった。

意次憎さでともかくもここまでは来たけれども、彼は一国の政治をあずかるには潔癖すぎ、線の細すぎる男だった。そしてそのことを、自分でもちゃんとわきまえていた。

周囲からは奇矯とも見える早期辞任申し入れをしたあと彼がやったのは、意次のすべての所領と、その居城だった相良城の没収であった。城の収用には見せしめのために二千六百人もの大部隊が、鉄炮と弓で武装してものものしく江戸から派遣された。

年が明けて一七八八（天明八）年二月、相良城は御殿から櫓《やぐら》、塀にいたるまで、痕跡も残さないまでに叩き潰された。それを命じたものの憎しみがいかに激しいかをまざまざと見せつける、ほとんど狂気じみた破壊ぶりだった。

蟄居《ちっきょ》を命じられていた意次は、その年八月二十五日、江戸で死んだ。六十九歳であった。

3

意次が死ぬ少し前、定信は老中水野忠友に代えて松平伊豆守信明を起用した。かつて本多忠籌たちと一緒に時局を論じてきた〝定信派〟の一人である。田沼派の粛清は着々と進みつつあった。

また、天明八年中に、南鐐《なんりょう》二朱銀、真鍮四文銭の発行を停止した。どちらも田沼政権が鋳造をはじめたもので、意次がつくったとなると通貨でさえ気に入らなかった。

それに先立って、田沼政権が専売機関としてこしらえていた鉄座、真鍮座が解散させられた。多くの問屋や諸株も、独占的に価格を決めているというので解散のうき目にあった。

翌一七八九年、改元が行なわれて年号は寛政となった。その間定信は何度も辞任を願い出ては慰留され、そのたびに偏執的なまでに反田沼色の濃い人材と政策を採用していく。盟友の中から松平乗完、戸田氏教、太田資愛らが老中になり、本多忠籌も若年寄から老中に昇進した。

幕府の役人の中で田沼政権のころ袖の下を取っていたような連中は、あいついで島流しや追放をうけた。その数は寛政元年中だけで五十人を越えている。

定信は自ら奥掛を兼務し、大奥に対して強い弾圧に出た。長く意次と結んで政治に口出ししてきた老女大崎は追放された。

幕府の役人から地方役人まで賄賂は厳禁となり、禁を犯すものは処罰されることになった。通常の贈り物にも家格に応じて制限が設けられ、品物やその数が定められることになった。

もともと幕府の役人の仕事の内容は成文化されていなくて、万事先例によって処理される習慣になっていた。したがって新しい仕事についた役人は先任者に先例を教えてもらうことになるのだが、その謝礼として金品を持っていく。それが少し行きすぎて、金品を持ってこないものには先任者のほうで何も教えず、恥をかかせるようなことが起きるようになる。ここに贈収賄発生の下地があって、田沼時代というのはさらに行きすぎ、役職そのものを金品で買う習慣になっていたのだといえる。

これを毛嫌いしていた定信は、自ら範を示すため老中役宅の裏口をふさいでしまい、客は表玄関からしか入れないようにした。来客には名前と用件を聞き、会うときには目付を同席させる。何を持ってきても決して受け取らず、たまに知らないうちに贈り物があると二倍の価値のものを返した。

こういう潔癖さを見せつけるのが彼は大好きで、無類に楽しい。いわば趣味なのだが、老中首座がするのではやむをえない。諸役それに倣うようになっていった。

長崎出島での貿易は年間清船十隻、蘭船一隻に縮小され、毎年江戸へ参候していたオランダ商人は五年に一回来ればよいと申し渡された。世界への目を自ら狭める政策というほかない。

意次が手がけていた蝦夷地の調査は中止され、ロシアとの交易どころか、これを敵国とみなして警戒することにした。

林子平の『海国兵談』が刊行されると、定信はこれを世人をまどわせるものとし、著者を幽閉するとともに著書の版木を焼いて絶版とした。外国へ目を向けるのがこわい定信の狭量さと、学問や出版の自由を認めようとしない彼の体質を暴露するようなものである。

黄表紙や洒落本を書いた戯作者山東京伝も、定信に手ひどい目にあわされた一人だった。彼の本はたびたび発禁になったのち絶版を命じられ、京伝は手鎖五十日の刑、本屋は追放された。

学問や文化、芸術の花がけんらんと開いた田沼時代とは大違いである。しょせん定信は、朱子学以外の学問と、和歌を除く文芸がまったくわからない野暮天であった。

意次の悲願だった印旛沼、手賀沼の干拓は、むろん中止となった。そればかりか、隅田川の例の中州も取り壊された。大雨のとき流れがさまたげられて氾濫を招く、というのが表向きの理由だったが、要するに彼はそこが遊興地になっているのが気に入らなかった。

酒楼の灯が水に映え、女たちの嬌声《きょうせい》が聞えるだけで、この道学者は眉をひそめる。自分は性欲を抑えがたいと思ったことがなく、房事は子孫をふやすためにするのだから、娼婦の存在を理解することができない。女たちにとってそれは生計の手段であり、男には彼女たちのところへ通うのがこよない楽しみなのだ、ということがわからないから、全国で遊女や女芸者を厳しく取り締まった。遊女屋は灯が消えたようになり、隅田川の中州は相良城がそうだったように完全に潰されて、あとかたもなくなった。

4

そうしておいて、口を開けば倹約と文武。白河でいったことのおうむ返しだった。

まず財政建て直しのため、幕府自らが冗費をカットする。金がかかる将軍宣下の式や老中招請の議は廃止する。不急の工事は延期し、寺社の修築も中止となった。役所に食い込んで仕事をもらい、あるいは品物を納めていた御用商人は、ことごとく退けられた。大奥に金がかかりすぎるのを定信はいまいましく思っていたが、老女大崎追放に女中たちが団結して抵抗したのを機会に、ばっさり予算を削ってしまった。

この事件は、大崎追放を聞いた大奥女中の主だったものたちが、

「それはあんまりです。もし追放を強行されるのなら、私どもも一緒におひまをいただきます」

と申し出てきたものだった。いっぺんに辞められたら困るだろう、というのだ。

しかし、こういう喧嘩をしては、頭のいい定信には勝てない。彼はいった。

「ひまのほしいものには与える。帰るがよかろう。ただし、徒党を組んで願い出るのは天下の大禁である。この禁を犯すものは法に従って重刑に処する」

これでたちまち騒ぎは収まってしまった。だが、定信のほうはなおも追い討ちをかけ、数十人にのぼる女中の人員整理を行ない、予算を従来の三分の一に減らした。

京都所司代を通じて朝廷にも倹約を強要したほどだから、庶民への倹約令は徹底していた。たとえば一般女子の衣服に用いる反物一反の値段は、銀三百匁以内と決められた。それより高い反物で着物をつくってはならない。染模様代は銀百五十匁以内。派手な模様のものは着るな、ということだ。銀百匁以上の櫛を使ってはならず、かんざしは一本しか差すのを許されなくなった。

「このごろは、びん刺しというて鯨骨でこしらえたものを女子が髪に刺すそうだな。昔はそんなものはなかった。それだけ世の中が奢侈に流れておるのだ」

定信はにがにがしげにいった。

そのころびん刺しは鯨骨ばかりでなく、海亀の甲や銀でもつくられるようになっていて、精巧な細工をしたきゃしゃなのがもてはやされていた。新しいファッションである。なるほど定信のいう通り、必需品ではない。だが、人がそれをびんに刺せばわれも刺して美しく飾りたいのが人間心理だ。また、ただ木の櫛で髪をけずるだけでなく、そうした髪飾りが出現してくることが、文化というものだ。それをいっそう精巧につくろうとすることで工芸技術も進歩する。さらにまた、びん刺しに支出された金は市中を回って多少なりとも消費を拡大し、経済を活性化させるのに貢献する。定信にはそうした経済原則がわかっていなかった。流行を追いたがる人間心理を知ろうともしなかったし、技術の進歩を信じなかった。なにより彼は、文化というものに対して盲目だった。

盲目なまま、倹約をひたすら最高政策として遂行しようとする。禁を犯したものを見つけると奉行所へ連行して詰問する。とりわけ派手好きな役者は定期的に衣服検査をうけ、いいものを着ているというので逮捕者が出るまでになった。

農村では髪結床の廃止令が出た。百姓はすべて髪を藁で自ら結べ、というのだ。合わせて傘や合羽の使用が禁じられ、昔ながらの蓑と笠しか使えないことになった。農は国の本、といいながら、しょせん彼は農民を人間としては見ていなかった。

こうなるともはや、財政再建を通り越して暗黒政治である。しかし、それ以外の政治を彼はできなかった。

旗本には登城日や式日以外に白小袖を着ることを禁じ、ふだんは木綿服を強制した。冠婚葬祭の贈り物は半減と定められ、家督相続と結婚式のときのほかは酒を出してはならないことになった。金銀をちりばめた刀を持つことも厳禁であった。

遊びごとのたぐいは放逐され、ひたすら文武の道に精進することが求められる。これでは武士といえども息がつまる。戦乱のない平和な時代なのだ。

むろん中には、禁令と強制ばかりとなればそれなりに迎合してうまくやろうとする武士も出てくるのだが、そのあたりの滑稽さを大田蜀山人はこういった。

世の中にかほどうるさきものはなし

ぶんぶ〳〵と夜も寝られず

蚊がぶんぶと飛ぶのを、文武にひっかけた狂歌である。

皮肉られているうちはまだよかったが、着るものから髪の結い方まで規制されて、ついに天下あげて誰も定信のやり方についていくものがいなくなった。

物価が下がったのはよかったが、禁制だらけで経済活動は沈滞し、不景気になる。すっかり世の中が暗くなってきた。

定信自身が予測した通り、民はまったく彼の政治にそっぽを向いていた。それでも、いま投げ出すわけにはいかなかった。名君のほまれが残らなくなってしまうからだ。

白河での成功の記憶にすがりながら、なおも彼は自分の信念を貫こうとする。禁令が正しく守られているかどうか探るために隠密を市中に放ち、その隠密が賄賂で買収されていると聞くと、隠密を探るための隠密を出すことまでした。

「越中守殿は少し辛抱が足りぬ」

ついに無二の盟友と頼む老中本多忠籌までがいうようになった。もはや定信は完全に孤立していた。

わがままを通してくれない、と一橋治済から白い眼で見られ、大奥の巻き返しにもあって、定信は悄然《しようぜん》と表舞台から消えていくほかなかった。意気込んで始められた「寛政の改革」は、わずか数年で幕であった。

むろん、彼がしたことは悪政ではなかった。ただ、政治というのは、理想や潔癖さだけでは人をひきつけることはできない。そのあたりを江戸に出た落首が端的に表現してみせていた。

白河の清き流れに魚住まず

濁れる田沼いまは恋しき

バスチーユ攻撃

パリ

1

一七八七年、松平定信が老中首座に就任した天明七年にあたるこの年、日本で米が豊作になったのと同じように、フランスでは小麦が豊作で、平年より一〇パーセントほど収量が多かった。

北半球を通じて、農作物に好都合な天候が戻ってきたように見える。ラキ、浅間の青い霧、それに偏西風は、もう局地的ないたずらを起こす力も失ってしまったのだろうか。

パリでは小麦の供給が潤沢で、パンの値段もずっと安定していた。庶民が大声で不満をいい立てることはなくなり、街は穏やかだった。

ただ、秋口になって、法律関係の仕事にたずさわる若いブルジョアジーを中心とするデモが起き、セーヌ川にかかるポン・ヌフ付近で警察や軍隊と衝突した。

啓蒙思想にかぶれた若者たちによる王政反対のデモで、増税に反対するパンフレットがばらまかれ、王妃マリー・アントワネットと親しい伯爵夫人の人形がしばり首にされたりした。暴れ回る数千のデモ隊に対して軍隊は威嚇射撃し、五人の逮捕者が出た。場末の下層労働者たちはこの騒ぎを面白そうに見守っていたが、決して渦に加わろうとはしなかった。彼らには十分パンがあった。働いて食えているかぎり満足であり、将来の増税や伯爵夫人のことなどどうでもよく、そのために身体を張ってデモをやる気など彼らには決してなかった。まして啓蒙思想などという言葉を聞いたこともない。思想のために警察や軍隊とやり合うなんて、彼らには考えることもできなかった。

六十万パリ市民の八〇パーセントを占めるこれら低所得の労働者層が参加しないかぎり、デモはしょせん線香花火のようなもので、迫力にも盛り上がりにも欠ける。まして全市あげての暴動へ発展しようがない。

このときのブルジョアジーのデモも、あっけなく尻すぼみになった。パリに暴動を起こそうと思ったら、パンの高値が発端でなければだめなのである。

豊作を幸い、ルイ十六世の政府は、余った小麦を近隣諸国へ輸出した。国家財政の赤字を埋めるのが目的だった。

アメリカ独立戦争の援助このかた、国庫はほとんどつねに空っぽだった。この年には恩給年金の支払いを一時停止しなければならないところへ追い込まれている。それだけに豊作はまさしく天の恵みで、国内いたるところから陸路、あるいは船で、おびただしい量の小麦が輸出されていった。これは、決してやってはならないことであった。来年の収穫がどうなるか、まったく水ものだからだ。ましてこのところフランスでは、穀物生産量の伸びが人口増に追いつけない状態が慢性的に続いている。余った小麦は来年のため備蓄すべきなのだ。それなのに政府は、目先の金ほしさに輸出に頼った。ちょうど四年前の一七八三（天明三）年、津軽藩が備蓄を考えず大量の米を江戸、上方へ送ってしまったのとそっくり同じであった。

はたして翌一七八八年四月、フランス全土は猛烈な旱魃に見舞われた。この年は、おそらく偏西風の蛇行がもたらしたと思われる、おそるべき気象が続くことになるのだが、春の旱魃はその最初の痛打だった。

この年の春はヨーロッパ全体で雨が少なく、ロンドンでも四月の雨量が前後十年間の中でもっとも少ない。パリでは再掲表2に見るように四月の雨量はわずか十二ミリで、前後十五年間の中で最少になっている。このから天気で、芽を出してこれから伸びていこうとしていた若い麦が大打撃をうけた。

もっとも、十二ミリという四月の雨は、やはり旱魃の年だが豊作になった一七八五年四月の十四ミリと大差ない。むしろ、八五年五月のたった七ミリに較べれば五月には好転しているから、麦が旱魃でやられたのは不思議なように思える。

表2　パリの4～6月の降水量(ミリ)

年	4月	5月	6月	年間計
1781	16	23	63	362
1782	52	92	15	603
1783	18	62	86	597
1784	14	50	30	526
1785	14	7	51	442
1786	34	34	125	629
1787	67	99	43	597
1788	12	72	79	464
1789	53	23	64	500
1790	38	34	5	353
1791	65	41	8	402
1792	60	39	46	611
1793	16	16	21	330
1794	56	43	17	417
1795	20	28	69	483

(J. NEUMANNによる)

表3　フランス各地の平均気温の平年値に対する偏差
1785年(上段)と88年(下段)について比較(℃)

観測地	年	4月	5月	6月
アグノー(アルザス)	1785	-2.8	-0.1	-0.2
	88	-0.3	0.0	0.1
マイエンヌ(メーン)	1785	-1.2	0.0	1.7
	88	0.6	1.7	0.2
サンブリュー(ブルトン)	1785	-1.4	-0.7	0.5
	88	0.4	1.5	-0.5
アラス(アルトワ)	1785	-1.7	-0.9	-0.6
	88	1.3	2.2	0.7
リール(フランドル)	1785	-0.6	-0.7	0.0
	88	2.0	2.0	1.0
モンディディエ(ピカルディ)	1785	-1.5	-1.0	0.0
	88	1.1	2.2	1.8

(J. NEUMANNによる)

この点について気候学者たちの説明はこうだ――一七八八年春は、八五年春よりかなり気温が高かった。したがって地中の水分の蒸発が早く、畑が熱波におおわれたかたちになって、麦は若芽をやられ枯死したのだ、と。

表3は、フランス各地で観測された四〜六月の各月の平均気温の平年値に対する偏差を、八五年と八八年について比較したものだ。たとえばアルトワ州アラスでは八五年四月が平均より一・七度低かったのに対し、八八年四月は一・三度高い。その差は三度にもなる。たしかに、これで雨量がほぼ同じなら、八八年四月のほうが蒸発は早かっただろう。五月は雨量は違うが、温度差については同じことがいえる。

この傾向はアルトワ州にかぎらずフランス各地での観測結果についても同じだ。つまりこの年の麦は、春の高温少雨にやられたのである。

2

一七八八年七月十三日、日曜日の朝九時ごろ、パリの空は突然暗雲におおわれ、市中は夕暮れどきのようになった。見る間に稲妻が光り、猛烈な雷鳴とともに雨に混って雹《ひょう》が降りはじめた。雹はそれまで誰も見たこともないほど巨大で、周囲十六インチ（四十センチ）、グレープフルーツほどの大きさがあった。

前日狩りに行ってそのまま出先で泊まったルイ十六世は、この朝ベルサイユ宮殿へ帰る途中雹にあい、危ないので農家に難を避けることにした。

パリでは雹塊は屋根に穴をあけ、窓を突き破り、すさまじい音をたてて荒れ狂った。逃げまどう人びとの頭上にも落ちかかって、サンジェルマンで二人が死んだ。通行中の馬もやられた。郊外では激しい風に大木が根こそぎ倒され、農作物やぶどうの樹が打ちのめされた。

突然の雹の襲来は、大西洋側から東へ進んできた強い寒冷前線に伴うものであった。前線の前方の暖かい空気は摂氏三十度を越え、後方の冷たい空気との温度差は十度もあった。

この寒冷前線がパリを通過したのが朝九時で、前線をはさむ大気の冷暖の差が大きかったために、暴風と雹は激しくなった。

二五一ページの天気図はこの日午後二時のものだが、寒冷前線はイギリス中央部から弓なりにフランスを縦断し、スペイン国境のピレネー山脈まで伸びている。すでにパリの東方百マイルあたりに達し、時速二十マイルで東進中だ。

前線がべったりフランス全土をなめるように去ったのち、少なくとも千二百の村が、農作物に壊滅的な被害をうけていた。それらの村々では穀類はこの年の収穫皆無、ぶどうの樹をやられたところではむこう三、四年立ち直れないだろう。

いったいなぜ、グレープフルーツほども巨大な雹が降るような大気の不安定さが大西洋岸に生じたのだろうか。極端に温度差がある大気塊の発生に、青い霧や偏西風はかかわりを持っていたのか、いなかったのか。

ともかくも春の旱魃に続くこの雹害で、フランスの穀物収量は平年比二〇パーセントの減少となった。平年作でもやっと全人口に行き渡るかどうかの綱渡りのところへ、これだけ減ってはたまらない。全国の人口二千八百万とすると、五百六十万は餓死する理屈になる。

フランス政府はあわてた。国内の倉庫には、もう小麦はほとんど残っていない。前年余剰小麦を輸出したつけが回ってきたのだ。急ぎ近隣諸国から輸入しようとしたが、よそも春の旱魃にやられていて思うように集められない。

足元を見られて高く買わざるをえなかった外国産小麦は、たちまち国庫を圧迫した。一七八八年のフランス国家予算は、歳入五億三百万リーブルに対して歳出六億二千九百万リーブル。すでに一億二千万リーブルを超える赤字であった。そこへ、考えてもいなかった歳出がさらに加わることになったのだ。

もはや税金はあまりに過重でこれ以上増税はしにくかったし、国債は発行しすぎてそ

図9 1788年7月13日午後2時の西欧の天気図

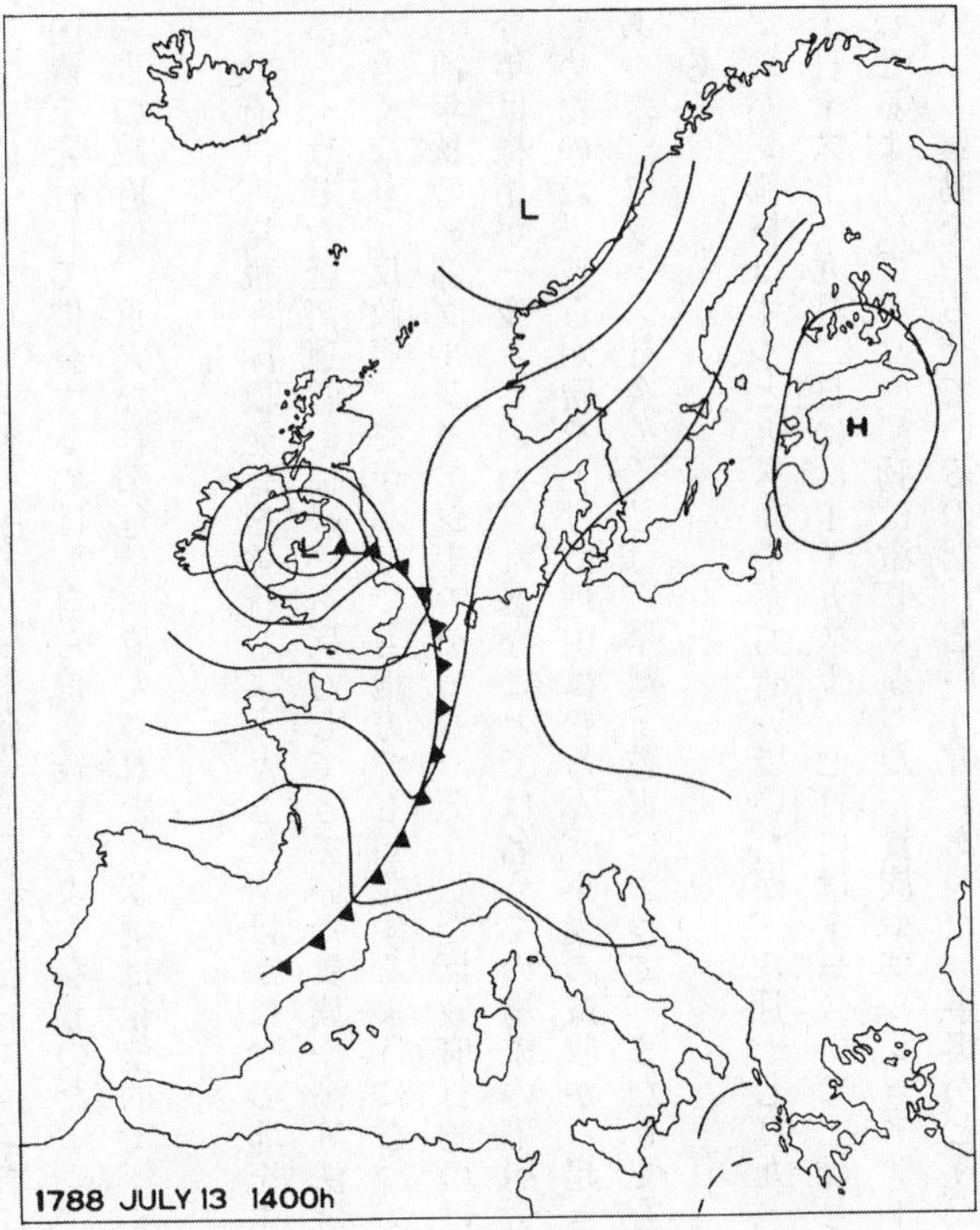

（J.A.KINGTONが当時の気象資料をもとに復元した図による。）

の利子だけで三億一千万リーブル、すなわち予算歳出額の半分近くにまで達していた。これ以上国債を発行して借金するのは、自ら首を絞めるようなものだ。ルイ十六世の政府は、重大な経済危機に立たされた。状況は絶望的で、まさに破産に瀕している。

それでも政府は、増税と国債発行を強行しようとした。ほかに金の卵を生む方法はないのである。そうした経済運営に従来から反対してきていた貴族や高等法院との摩擦はいっそう大きくなり、反政府デモがパリでも地方でも頻発するようになってきた。

じつは、前年秋の一部ブルジョアジーのデモも、そうした反政府行動のはしりだったのだが、今年は様相が一変していた。乱暴なことでは名うての場末の下層労働者たちが参加しはじめたのだ。彼らが腰を上げた理由はむろん、小麦の減収から起きたパンの値上がりにあった。フランス社会のくせは、旱魃と雹害によって、またしても頭をもたげてきたのである。

四ポンドのパン価格はずっと九スーで落ち着いていたが、八月十七日九・五スーになった。二十日十スー。九月二日には十・五スー、七日には十一スーに上昇した。それと歩調を合わせるように、パリの暴動は激しくなった。貴族やブルジョアジーが大衆に金をばらまいて、暴動をやらせているのだ、という噂もあった。事実かどうかわからないが、一日働いて二十スーそこその賃金しか手にできない下層労働者にしてみれば、たった四ポンドのパンに収入の半分を取られてしまう。いやでもひと暴れしてみたくなるだろう。そこへ誰かが金をくれるとなれば、これはうまい話である。

八月二十九日、ポン・ヌフをはさんでセーヌ川の両岸にある保安隊詰所が数百人の暴徒に掠奪され、焼き払われた。

その夜、グレーブ広場に集まっていた約六百人の暴徒に、保安隊は発砲した。力には力で対抗する強い政府の姿勢を見せたもので、七、八人の死者が出た。

ついで九月十四日、パリ衛兵司令官の邸宅を襲撃しようとした群衆に軍隊が発砲し、五十人が殺され、二十五人が投獄される。

二十三日、松明《たいまつ》を掲げ大声で叫びながらデモしていた二百人ほどの集団に近衛兵が発砲して数人の死傷者が出た。

こうした一連の暴動で逮捕され、判決をうけたもののうち、五十人の職業がわかっている。そのうちほぼ半数の二十四人が日雇人夫、見習い、農夫、日給の労働者であった。十人は親方手工業者、十六人が小売商人と商店主だ。

江戸の大打ちこわしで捕えられた暴徒たちと、なんとよく似た職業構成だろう。ただ、数日で終わった江戸の場合と違って、パリの暴動はまだほんの入り口にすぎなかった。

再掲図7に見るように、一七八八年から八九年にかけて小麦価格はかつて例を見ない大暴騰となった。

3

パリの四ポンドのパン価格は引き続き上がり続け、十一月八日に十二スーになった。二十八日、十三スー。十二月十一日には十四スー。そして年が明けて一七八九年二月一日に十四・五スーの高値になった。これは一七七五年の粉戦争のときを上回る、ルイ十六世時代を通じての最高値である。そのうえ、八八年末から八九年初めにかけてヨーロッパは、猛烈な寒波に見舞われた。イギリス中部では十二月の平均気温が摂氏マイナス〇・三度となった。この前後百年を通じて、十二月の平均気温がマイナスになったのはこの年のほか一回あるだけで、歴史的に寒い冬の到来だった。一月の平均気温は一・五度。これも記録的に低い。ロンドンではテムズ川が厚く凍りつき、十一月末から一月半ばまでびっしり降りた霜が消えなかった。

フランスにとっては、春の旱魃、夏の雹害に続いて、一年のうちに異常気象の三重苦に見舞われるかたちになった。

アメリカ独立宣言の起草者トマス・ジェファソンは、ちょうどこの時期に駐仏公使としてパリにいたが、この異常寒波についてこう書いた。

「それは誰の記憶にも、どんな記録にもない寒さだった。温度計はしばしば華氏マイナス五十度まで下がった。政府は街角のあちこちで焚火をし、四六時中火を絶やさないようにした。焚火の周りは黒山の人だかりになった」

華氏マイナス五十度は、摂氏マイナス四十五度だ。信じられない寒さで、四年前の冬英国セルボーンの副牧師ギルバート・ホワイトが、

「一七三〇年から四〇年にかけて以来の、どの年の寒さも及ばない」

と記したときでさえ、彼の観測した気温は摂氏マイナス十八度だった。

パンが値上がりしたために、一日の収入の八五パーセントをパン代に取られるようになった下層労働者にとって、この寒さはこたえた。薪を買う金がないのだ。まして暖かい衣類を買うことなどとうていできな

図7　セザンヌの小麦1キンタル（100キロ）あたり価格（フラン）

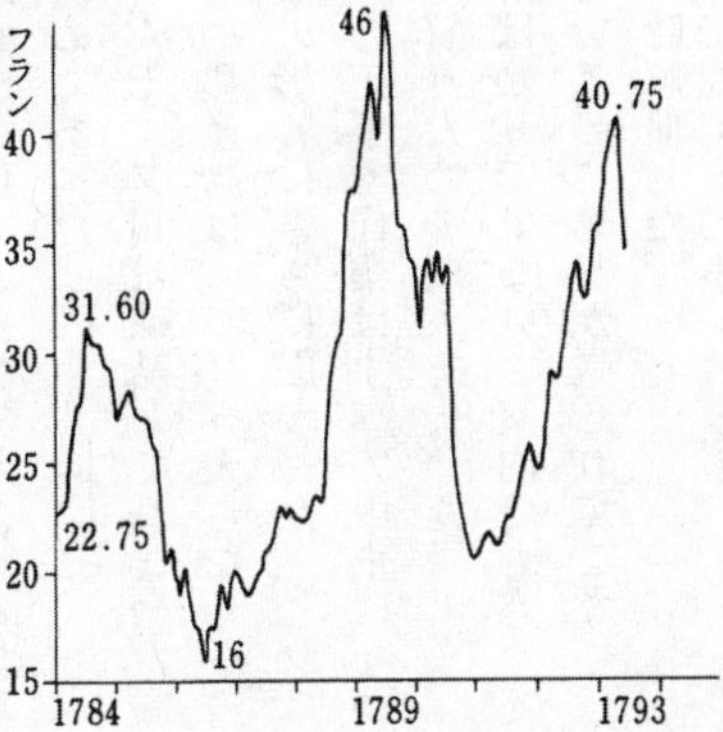

（J.GODECHOTによる）

い。政府が街角で大きな焚火を始めたのは、家の中にいたら凍死しそうなこれら市民たちのためであった。

むろんセーヌ川は凍結してしまった。そのために地方から船で運ばれてくるはずの小麦はじめ農産物は、パリへ入らなくなった。これがいっそうパンの値段を吊り上げた。寒波の影響はさらに広がった。これはジェファソンも記しているが、あまりの寒さに屋外での工事や作業はすべて中止になった。日雇労働者たちは仕事がなくなり、今日のパンを買うための収入を失った。

屋外ばかりではない。室内でも寒くて仕事にならなかった。暖房をしようにも船が止まっているので燃料が送られてこない。そのためにほとんどの工場が操業をやめ、従業員を一時解雇した。

パリにはおびただしい失業者があふれることになった。一七八八年十二月だけで、その数は八万人に達したと見積もられている。その失業者の中には、旱魃と雹害で手ひどくやられ、食えなくなって地方からパリへ流れてきた農民もいた。ボルドーやブルゴーニュ地方のぶどう栽培者も混っていた。

ワインをつくるためのぶどう栽培は、ひところ小麦耕作より景気がよかったが、いまは生産過剰と景気後退でさっぱりだった。そこへ雹で叩かれ、見切りをつけるものがあいついだ。

パリへ行けばなんとかなるだろう——だが、暴動で荒れた花の都は、極寒に震えあがっていた。彼らはたちまち食うに困り、窮民救済施設の厄介になるほかなかった。とりわけパリのサン・タントワヌ街の貧民窟に、そうしたおびただしい失業者や流れ者が群れていた。いまは寒くて暴動をやりに出かけたら凍死しそうだったが、春になったらこの連中がなにをしでかすかわかったものではない。

パリ警視総監は集められた情報を分析して心配になり、陸軍大臣に手紙を書いた。

「サン・タントワヌ街には四万人以上の労働者がいます。パンや食糧の高値で、この街はいつ揺れ出すかわかりません。すでにおかしな噂も出ています」

4

はたして一七八九年春になると、暴動が始まった。

初めのうちは、パリよりも地方でのほうが激しかった。三月にはカンブレーとバランシエンヌ、四月にダンケルクとリールでパン屋と小麦商人が襲われた。

ブザンソンでは女性に率いられた騒動が起きて、高等法院評定官の邸宅が襲撃された。家具が壊され、書類は捨てられ、屋根裏に隠してあった小麦二袋と粉三袋が奪われた。

このことは、パリへ流れて行ったもののほかに、おびただしい窮民が地方にいたことを物語っている。ある調査では全国で人口の一割を超える三百万人が一文なしの状態におかれ、乞食か浮浪者になるほかなかったという。現実に田舎町のいたるところに浮浪人があふれ、徒党を組んで脅迫を働き、あるいは暴力を振るった。パン屋や小麦商人、評定官の邸宅を襲ったのも、文なしのこれら窮民であった。

パリではようやく暖かくなった四月の末から、サン・タントワヌ街の連中が動き出した。二十七日、工場経営者の不用意な発言をきっかけに、怒った群衆がいくつもの集団になって示威行進をしながら叫んだ。

「金持は死刑だ！　貴族は死刑だ！　買占人は死刑だ！　パンは二スーだ！　坊主を倒せ！　水に放り込め！」

貴族から僧侶、商人、あらゆる階層を彼らは敵視していた。しかし、王様の悪口はいわなかった。パンを二スーに下げてくれるのは王様だ、と思っているように見える。

群衆はパン屋を襲い、工場経営者の邸宅を掠奪して、家具や衣類を焼いた。

翌二十八日になると群衆はさらにふくれ上がって一万人に達した。

「第三身分万歳！　国王万歳！」

第三身分とは、僧侶、貴族につぐ第三の階層の彼ら自身のことだが、やはり「国王万歳」とつけ加えることを忘れていない。

「夜に入って軍隊が出動し、ついに衝突が起きた。屋根に上がって瓦を投げる暴徒に、兵士たちは発砲した。十二人の兵士が投げられた物に当たって死に、暴徒側は少なくとも三百人の死者を出した。

その翌日、掠奪の現行犯で捕えられていた職人と人夫が、見せしめのためグレーブ広場で絞首刑になった。

逮捕されたもののうち、十六人が親方か店主で、五十二人が賃金労働者であった。死者、負傷者、逮捕者のうち住所がわかっているのは六十三人だが、半数以上の三十二人がサン・タントワヌ街から来ていた。

この事件は、不用意な発言をして掠奪された工場経営者の名をとって「レベイヨン反乱」と呼ばれているが、暴徒側の死者を多く見積もる人は九百としている。いずれにしても、腹を空かせてついに怒り出した群衆に銃弾が射ち込まれたこの衝突は、これから始まろうとしているフランス革命の中でも、もっとも大きな惨事のひとつとなった。

5

五月五日、全国三部会がベルサイユで開かれた。僧侶、貴族、第三身分の三者からなる国会で、開かれるのはじつに一六一四年以来のことであった。三部会はあっちこっち場所を変えたり、王国の憲法を決めようとしたり、三者と国王との間の思惑がぶつかり合って難航していた。

そこでの討論は真剣かつ崇高だったかも知れないが、四ポンドのパンの値段は十四・五スーにはりついたまま下がらなかった。

パンの質は非常に悪くなってきた。黒くて、土っぽく苦い。それを食べて咽喉に炎症を起こしたり、胃腸をやられたりするものが出るようになった。

春先に雨が多くて天候はよくなかったものの、この年の収穫は前年よりはよくなるだろうと思われていた。だが、端境期のさなかで、国じゅうの小麦倉庫が底をついている。政府はオランダとポーランドから小麦を買いつけようとしていたが、両国ともヨーロッパ全体がやられた前年の旱魃で不作だったことに変わりはなく、買える量はわずかで、しかも高く、焼け石に水のようなものだった。
五、六月を通じて相変わらず地方ではパン屋が襲われ、斧や鎌で武装した農民が麦の運送車を襲撃し、修道院や領主の穀倉が掠奪されていた。
「パンがないなら、ブリオシュを食べればいいのに」

王妃マリー・アントワネットがそういっている、という噂がパリに流れ、しつこく繰り返された。

ブリオシュというのは丸パンを二つ重ねた形のお菓子で、ふつうのパンもないのにそんなものを大衆が食べられるはずがない。王妃がいかに庶民の生活を知らずけっこうな生活を送っているか、という底意地の悪いニュアンスがこの噂にはこめられている。だが、この台詞は、マリー・アントワネットが生まれる十五年も前にジャン・ジャック・ルソーが書いた「告白」の中に、さる王女の言葉として載っている。おそらく啓蒙主義にかぶれてルソーを読んだブルジョアジーの誰かが、マリー・アントワネットやルイ十六世への憎しみをかきたてさせようと、でっち上げた噂だったのだろう。ただ、王家びいきで、王様がきっとパンの値段を下げてくれる、と思っている庶民には、そのニュアンスがもう一つぴんと来なかったが。

王様がパンの値段を下げてくれる、という庶民の期待は、王の政府の財務総監ネッケルへの信頼感にもとづいていた。乏しい国の財布をやりくりして外国から小麦を買っているのは彼だったし、特権階級の小麦買い占めに彼が抵抗していると大衆には信じられていた。ところが、反動的な貴族のすすめに従って、ルイ十六世はネッケルを罷免するという大失態をやった。七月十一日である。

翌十二日は日曜日だったが、ネッケル罷免のニュースを聞いた大衆は激しく憤った。

これでまたパンの値段は上がるだろう。国の財布はまちがいなく空っぽになり、なにもかも無茶苦茶になるだろう。

市内のパレ・ロワイヤルに群衆が集まり、アジ演説が景気をつけた。五、六千人の群衆がネッケルの胸像を先頭に、黒い旗を振り回してデモに移る。

パリを暴徒の掠奪から守るために、政府は軍隊を配備し、ドイツやスイスにも応援部隊の派遣を依頼してあった。デモ隊はやがてドイツ近衛兵と衝突し、大乱闘となった。

このとき、不思議なことが起きた。フランス衛兵の一団が駆けつけて、ドイツ近衛隊を追い払ったのである。フランス軍隊の一部は、民衆に銃を向けるのがいやな気分になってきていた。同じ庶民の出なのだし、兵士たちの家族が腹を空かせていることでも変わりはなかったのだから。命令に従って配置にはつくが、市民に血を流させないよう、銃の発射装置から釘を抜いてしまっている部隊もあった。

翌十三日は早朝からパリ市内に早鐘や非常太鼓、大砲の音が響き、騒然としていた。群衆はいっそう乱暴になり、修道院が掠奪されて小麦が持ち去られた。

鉄砲鍛冶や武具師の店が襲われ、大量の小銃や拳銃、刀剣が奪われた。

穀物とともに、彼らは武器を求めていた。四月末のレベイヨン反乱のときがそうだったように、こっちに武器がないと、いいように銃弾を撃ち込まれて殺され、追い払われてしまう。外国軍を含めた軍隊と互角に対抗するには、どうしても武装する必要があったのだ。

廃兵院に三万三千挺の銃があり、バスチーユ要塞に大量の火薬が運び込まれていることが、この日のうちに明らかになってきた。十分に武装するためには、この両方を攻撃しなければならなかった。

6

そして七月十四日。

フランスは大西洋から張り出した高気圧の東の端におおわれてはいたが、北海をはさんで二つの低気圧があり、地中海にも低気圧が発生して、朝から曇りがちだった。天気は下り坂で、たぶん夜には雨になるだろう。でも、おかげで暑くなく、風もおだやかで、戸外でスポーツでもするにはうってつけの日になりそうだった。前日の日記に「なにもなし」と書いて寝たベルサイユ宮殿のルイ十六世は、今日も鹿狩りに行こうと考えていた。

パリでは少なくとも八千の群衆が、まったく別の狩りの目的で廃兵院を朝から包囲していた。守備隊は追い払う気をまるで失っていた。群衆はたちまちなだれ込み、地下室にあった銃を思い思いに手にし、十二門の大砲まで奪った。襲撃はあっけないほど簡単に終わった。

「バスチーユへ行こう！」

勝ち誇った群衆は口ぐちに叫んだ。銃を手に入れたら、次に必要なのは火薬であった。バスチーユはもともと、古いパリ市街を守るための要塞だった。それが軍事的には用ずみになって、監獄として使われていた。ルイ十四世、十五世のころには、政治犯がもっぱら監禁された。その意味ではバスチーユはたしかに、封建王制の象徴であった。だが、ルイ十六世の時代になると、ほかの監獄と違うことはなにもなくなった。いつもがらがらに空いていて、存在自体が無意味になりつつあり、財務総監ネッケルは経費節約のため取り壊そうと考えていた。引き受ける解体業者があって、跡地を広場にするプランもできていた。

七月十四日収容されていた囚人はたった七人で、名前も罪名もわかっている。政治犯は一人もいない。七人のうち四人は手形偽造犯人。二人が精神病者で、残る一人は殺人容疑者であった。

十二日に市内にネッケル罷免反対の騒動が起きたとき、バスチーユの近くにある軍の兵器庫の司令官は、襲撃をうける危険を感じた。そこで、夜陰にまぎれて火薬をバスチ

図10 1789年7月14日、バスチーユ攻撃の日の午後2時の天気図

（J.A.KINGTONが当時の気象資料をもとに復元した図による。）

ーユへ移した。

スイス兵によって移送された火薬は二百五十樽、十五トンあった。バスチーユ監獄は周囲に濠をめぐらせているし、城壁も高いので、襲撃されにくいと考えられたのである。ここにはスイス兵を含めて百人を超える守備隊がおり、十数門の大砲が備えられていた。朝早くから包囲した群衆に、廃兵院から回ってきた集団が加わって、にらみ合いが始まった。

やがて代表団が中に入り、司令官と交渉した。

「サン・タントワヌ街へ向けられている大砲を引っ込めろ。民衆の安全を守ると約束してもらいたい」

「降伏して要塞を市民軍に明け渡せ」

要求に対して司令官の返事は煮えきらなかった。あまり交渉が長びくので、取り巻いた群衆はいらいらしはじめた。

正午すぎ、しびれを切らした一部の市民が中へ入って、上げてあった跳ね橋の鎖を叩き壊した。濠に橋がかかり、群衆が殺到する。要塞から銃声がとどろく。

発砲におびえて人の波が引く。しばらくにらみ合ったのち、また押し寄せる。発砲。何人かが死に、あるいは傷ついた。

このつばぜり合いに決着をつけたのは、約百人のフランス衛兵の到着であった。午後二時すぎである。衛兵たちは、この朝廃兵院から奪った大砲を引いた新手の市民とともに、バスチーユ攻撃に参加するためやってきたのだ。

これで事態は決定的になった。要塞司令官は降伏を申し出たが、群衆のほうはもうそれでは納得しない。

「要塞を占領しろ！」

「ありったけの火薬を奪うのだ！」

叫びながら橋を渡ってなだれ込む。銃弾が飛び交う。大混乱となった。

火器の上で優勢になった攻囲軍は、要塞の中で動くものがあると銃砲弾を集中した。そのために、塔を占拠して頂上に姿を見せた味方まで射殺してしまうほどだったが、守備隊は完全に抵抗の意志を失った。

司令官が捕えられ、要塞は陥落した。

守備隊側の死者は数人だったが、攻囲軍は死者九十八、負傷者七十三であった。捕えられた司令官は市役所へ連れて行かれる途中、群衆に奪い取られて虐殺され、料理人の包丁で首を切り落とされた。続いてパリ市長も同じように虐殺されて首を切られた。

群衆は二つの生首を掲げ、さらしものにしてパリ市内を練り歩いた。

夜に入ってパリには雨が降りはじめた。朝からバスチーユの周辺に群れていた何万とも知れない大群衆は急いで家へ帰り、街は嘘のように静かになった。

ベルサイユ宮殿のルイ十六世は、この日パリで起きたことをなにも知らなかった。王様は結局狩りには行かなかったが、夜十時に寝る前に日記帳に前夜と同じことを書いた。

「なにもなし」

真夜中になって、ひとりの貴族が雨の中を馬を飛ばして宮殿へ駆けつけ、どうしても王様を起こしてくれ、といった。ようやく寝室で謁見《えつけん》を許された使者は報告した。

「バスチーユが襲撃され、占領されました。司令官はさらし首でございます」

「ただの暴動じゃろう」

万事に泰然とした王は、ねぼけ眼のまま、つかえながら応じた。

あまりの鷹揚さになかばあきれて、使者は王の言葉を訂正した。

「陛下、暴動ではございません。これは革命でございます」

7

たしかにバスチーユ攻撃は、もはや暴動ではなく、革命の口火であった。

翌七月十五日、アメリカ独立戦争の義勇軍を率いて戦ったあのラファイエット侯が、市民によって構成される国民衛兵の司令官になった。ラファイエットは、市民兵のシンボルとして、赤、白、青の三色からなる帽章をこしらえた。パリの色である赤、青の間に、ブルボン王家の白をはさんだものだ。

「国民万歳！　国王万歳！」

新しい帽章をつけた群衆は叫んだ。すなわち、彼らは革命を始めたけれども、王家を亡きものにしようなどとはこの時点でもまだ考えてはいなかったのだ。

十六日、ルイ十六世は、さきに罷免した財務総監ネッケルを呼び戻すことを決めた。十七日、王は自らパリへおもむいた。民衆革命の結果を承認するためである。赤、白、青の三色の帽章を贈られたルイ十六世は、機嫌よくそれを自分の帽子につけた。

「国民万歳！　国王万歳！」

国王は市役所のバルコニーで歓呼をうけた。誰も無礼な真似をするものはなく、国民衛兵に守られて夜ベルサイユ宮殿へ帰った。もっとも、絶対の王権を誇ってきたルイ十六世にとっては、こんなかたちでパリへ出かけたこと自体、屈辱ではあっただろうが。

二十二日、長い間十四・五スーの高値にはりついていた四ポンドのパンの価格は、十三・五スーに引き下げられた。わずか一スーだが、大衆にとって武器を手に蜂起した意味はあったことになる。

八月八日、さらに値下げを求めるデモがパリ市役所に押しかけ、十二スーへの引き下げを実現させた。パン屋が襲撃されないよう護衛するようになっていた国民衛兵も、店頭から引き揚げはじめた。

この年の小麦の収穫は悪くなかった。だからパンの値段はもっと下がるに違いないと思われた。ところがこの夏は雨が少なかった。小川が干上がってしまい、水車が回らなくなって、粉屋は小麦をひくことができない。そのせいでパリはパン不足におちいり、店頭には長い行列ができるようになった。

またしても、パンをめぐる騒動があちこちで起きるようになった。ベルサイユでは、金持にはいいパン、貧乏人には品質の悪いものを売りつけようとしているというので、パン屋が数十人の暴徒に襲われた。

お膝元だけに国王が、人心をしずめるためじきじきに出てきて、パン屋の主人は危うく絞首刑にされるところを助かった。

パリでは女たちが、パン騒動を起こしはじめた。女だけの集団が荷車を止めさせ、穀物を強奪するようになったのだ。

九月十七日、パン屋を糾弾する女性たちが市役所を取り巻いた。彼女たちは口ぐちに叫んだ。

「男にはパンのことはわからないのよ。だから、あたしたちがやるの」

十月五日の朝早く、サン・タントワヌ街に四、五十人の女性たちが集まり、

「パンをよこせ！」

と叫びはじめた。

中央市場にも、太鼓を鳴らしながら同じ叫びをあげる女性集団が現れた。

女性たちはやがて一団となり、棍棒《こんぼう》、槍、銃などを手に市役所へ向かった。

「パンだ！　パンをもらいに市役所へ行こう！」

市役所で書類を破ったり、尖塔の鐘を鳴らしたりして暴れたのち、午後にはベルサイユ宮殿へ向かうことに女性軍は決めた。国王のところへパンをもらいに行こう、というのだ。

市場の魚売り、露店商、娼婦、粋な服装に帽子をかぶったブルジョア女――いろんな女たちがいる。街で出会う女性に片っぱしから声をかけ、集団はますますふくれ上がって六千から七千人になった。武装した男も混っていた。

武器を手にしたうえ、長いスカートに剣やナイフをぶら下げた女たちの行進は壮観だった。だが、べつに彼女たちは誰かと戦おうと思っていたのではない。歩きながら全員

が、節をつけて歌うように叫んでいた。

「パン屋のおやじと、かみさんと、小僧を探しに行こう!」

五時間かかって夕方ベルサイユに着いた一行は議場へ入り、首都へパンを供給するよう議員に要求する。六人の女性代表が宮殿でルイ十六世と面会し、パン供給の約束をとりつけた。

国王はこんな身分の低い女たちと話をするのは初めてだったが、それでも愛想よく、

「雨が降ってきたようじゃ。帰りには朕《ちん》の馬車を使うとよい」

といった。

女性軍はすぐには立ち去らず、宮殿の周りをうろうろし、あるいは議場で眠り込んだ。そこへ夜の十時すぎ、ラファイエットに率いられた二万の国民衛兵と武装した数百の群衆が、女性軍の行進のあとを追ってパリから到着した。

朝になって、国王と王妃、それに王子、すなわちパン屋のおやじと、かみさんと小僧は、いやいやながら宮殿のバルコニーに出て、前日からここにいる三万近い男女の前に立った。

「国王万歳!」

「王妃万歳!」

喝采があがる。そして、大群衆の声は唱和しはじめた。

「パリへ！」

「パリへ行こう！」

午後一時、大砲の音を合図に国民衛兵が行進を始めた。倉庫から運び出された大量の小麦と小麦粉を積んだ車の列が、女性たちに両側から守られるようにしてえんえんと続く。そして国王一家が乗った四輪馬車。

パリへの道を行進しながら、女たちは陽気に叫んでいた。

「パン屋のおやじと、かみさんと、小僧を連れてきたよう」

8

〝パン屋のおやじ〟がパリへ連れてこられ、四ポンドのパンの値段も十二スーで落ち着いて、街には平穏が戻ってきた。小さなトラブルを別にすれば暴動はなくなり、革命はこれで終わったのかと思われた。

しかし、じつはフランス革命が始まるのはこれからであった。飢えた大衆がやむなく蜂起し、血を流して手にした成果の上に、ブルジョアジーが新しい舞台を建てはじめるのである。

パリのチュイルリー宮に入ったルイ十六世は、二度とベルサイユへ戻ることなく、三年と少し後の一七九三年一月にギロチンにかけられた。王妃マリー・アントワネットはその年の十月、やはり断頭台の露と消えた。そして二人の処刑をはさんで、果てしない陰謀と、殺戮とその報復の歳月が続いていく。

北半球の西でも東でも、人間たちは飢え、苦しみ、憎み合い、殺し合っていた。

ひょっとするとその原因をつくったのだったかも知れないラキと浅間山は、いまはひっそりと静まり返っていた。

あとがき

われながら風変わりな本を書いた。

これは歴史ではないし、まして気候学でもない。ノンフィクションというには異端にすぎる。エッセイ、だと思ってもらうのが著者にはいちばんありがたい。

なぜ自分でも説明に困るような本を書いたのか、そのわけを少し順を追って記しておかなければいけないと思う。

＊

青森県八戸にある対泉院というお寺で、天明飢饉で餓死した人びとの供養碑を見たのは、ちょうど三十年前になる。

一九五九（昭和三十四）年、私は大学を卒業して新聞記者になり、青森支局へ赴任した。なにかの取材で八戸へ行ったとき、たまたまそのお寺へ立ち寄ったのだった。

天明三年から四年にかけての大飢饉の直後に建てられた石の碑には、飢えの惨状や天候、近在の餓死者数、あるいは高騰した物価のことなどが刻まれている。そして、いまでも鮮明に記憶しているが、碑文の一部が誰かの手で虫食い状に削り取られていた。

「飢えのあまり村人たちは相食むにいたった、という意味のことがこの部分には刻まれていたといいます。後世それを忌わしく思った人びとが、削ってしまったのです」

案内してくれた地元の人はいった。

飢饉の記憶がまだ生なましいころに建てられた供養碑にそういう記述があったとすれば、人肉食《カニバリズム》が行なわれたことはまぎれもない事実に違いなく、それを知るだけで十分衝撃的である。

一方でその子孫が、この記述をうとましく思ったのもまた確かだっただろう。だからこそ人びとは、歴史的事実の記録にあえて手を加えてまで、記憶を葬り去ろうとした。残された鑿《のみ》の刃の痕跡は、悲劇的でさえある。

「いまでもこのあたりの農家は、納屋に味噌を十分貯えておくことを怠りません。味噌さえあれば、いざというときにはそれを草の根にまぶして、食いつなぐことができるからです」

その後津軽や南部の田舎を歩くたびに私は、それがいまだに残る飢饉対策の一つであることを自分の目で確かめた。人びとが野良の帰り、小川に魚の影を見つけると素早く手づかみにし、囲炉裏で燻製のようにしては貯えることも知った。
一九三四（昭和九）年にこの地方を襲った飢饉のことを覚えている人はたくさんいた。それは私が生まれた年であり、そんなにも最近まで東北地方は飢饉の恐怖におびえ続けてきていたのだ。

子供だった太平洋戦争中に飢えは経験しているが、そうでもなければ凶作とは無縁な暖かい中部日本に育った私は、未知の世界にふれた気持がした。そして、東北の飢饉、とりわけ人相食んだという天明期の飢饉のことを書いてみたい、と思うようになっていった。

しかし、少しずつ基礎的な資料を集めているうちに、高度成長経済が始まって日本は見る見る豊かになり、飢饉の恐怖などどこかへ吹き飛んでしまった。冷害に強い稲がつくられ、病虫害対策をはじめ農業技術が進んで、東北地方と凶作の縁も絶たれていった。やがて米は穫れすぎ、政府が奨励金を出してまで休耕する田がふえるようになる。時代は完全に変わった。私は苦笑とともに、天明の飢饉を書く試みを放棄した。

＊

それを再び私が思い出したのは、一九八一（昭和五十六）年だった。ちょうどアメリカでセントヘレンズ山が噴火した翌年で、その噴煙による冷夏が騒がれているときだったが、ある大学教授が「浅間山天明大噴火とフランス革命との関係」という論文を発表したのである。

それをたまたま知ったときの驚きは、対泉院で削られた供養碑を見たときの比ではなかった。ほとんど私は、脳天を打たれたように感じた。

天明の飢饉は必ずしも浅間山の噴火によって始まったのではないが、その噴煙で飢饉が長期化かつ深刻化したことはほぼ間違いないと考えられる。そしてその結果もたらされた社会不安が、田沼意次から松平定信への政権交代を呼んだといってよい。

そこまでは私も理解していた。しかし、フランス革命にまで影響が及んだとは、考えてみたこともなかった。しかもそれを、単に思いつきとしてではなく、きちんとした大学教授が大学論集に論文として発表したのだ。

私はすぐその論文を取り寄せ、むさぼるように読んだ。浅間山の噴煙がヨーロッパまでおおって冷夏をもたらし、そのために小麦が不作になってパンが値上がりしたのがフランス革命の原因だ、と書かれている。日本で米の凶作から政権交代が起きたのと同じように、フランスでは小麦の不作が政体の変革を招いたというのだ。なんと斬新な発想だろう。

もしその通りなら、浅間山はよかれ悪しかれ人類の歴史を変えたことになる。世界史は、そのように書き改められなければならないだろう。

ただ、興奮しながら論文を読み終えたとき私は、非常な落胆も同時に覚えないわけにはいかなかった。なぜなら、紙数が足りなかったせいかも知れないが、浅間の噴煙とフランスの不作との因果関係が十分書かれているとは思えなかったからだ。

それでも、その発想のユニークさと大胆さについてだけは、私は敬意を持ち続けた。そして、このような形で問題が提起されたからには、いずれ歴史学や火山、気候学の専門家たちをまじえての議論の展開があるのではないか、と期待した。

しかし、この論文をからかう調子のものは見たが、新しい議論は何も起きなかった。その間海外の論文も調べてみたけれど、私の知るかぎり浅間の噴火とフランス革命の関係を論じたものはない。

私はしだいに欲求不満になり、ついには、それなら自分で書こう、と思うようになった。むろん私は歴史についても、噴火や気候にも門外漢だから、どこでどんな思い違いをするかわからない。だが、もし笑う専門家がいたら、では、どうしてあなた方はこんな面白いテーマを放っておくのですか、学問は人間のあくことのない好奇心を満たすために発達してきたのではありませんか、と問い返すくらいの資格は私にもあるだろうと思った。

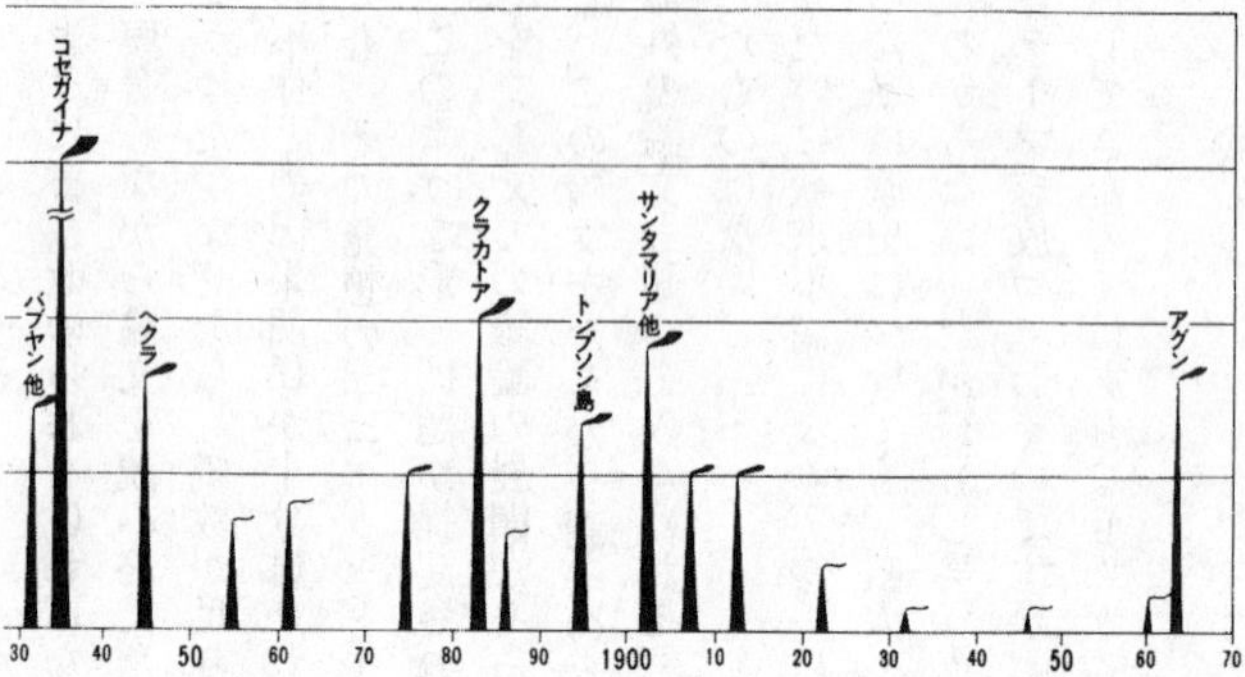

〔H.H.LAMBのデータによる。作図は著者〕

＊

天明の浅間噴火が地球規模でどの程度の影響をもたらしたかを知るため、まずイギリスのH・H・ラム教授がまとめた噴煙指数（ダスト・ベール・インデックス＝DVI）を手がかりにした。

これは、一五〇〇年から一九六〇年代までの主要な火山噴火の記録をたどり、それぞれの噴火による煙や灰、塵がどのくらい地球の大気に影響を与えたかを推測して、指数で表したものだ。一八八三年のクラカトア火山（インドネシア）の噴火の噴煙指数を一〇〇〇として基準におき、これとの大小で他の噴火の規模が示されている。

このラムのDVI指数で表された一七〇〇年以降の世界の主要な噴火の大きさは図

DVI指数による世界の主な噴火の大きさ（1700－1970）

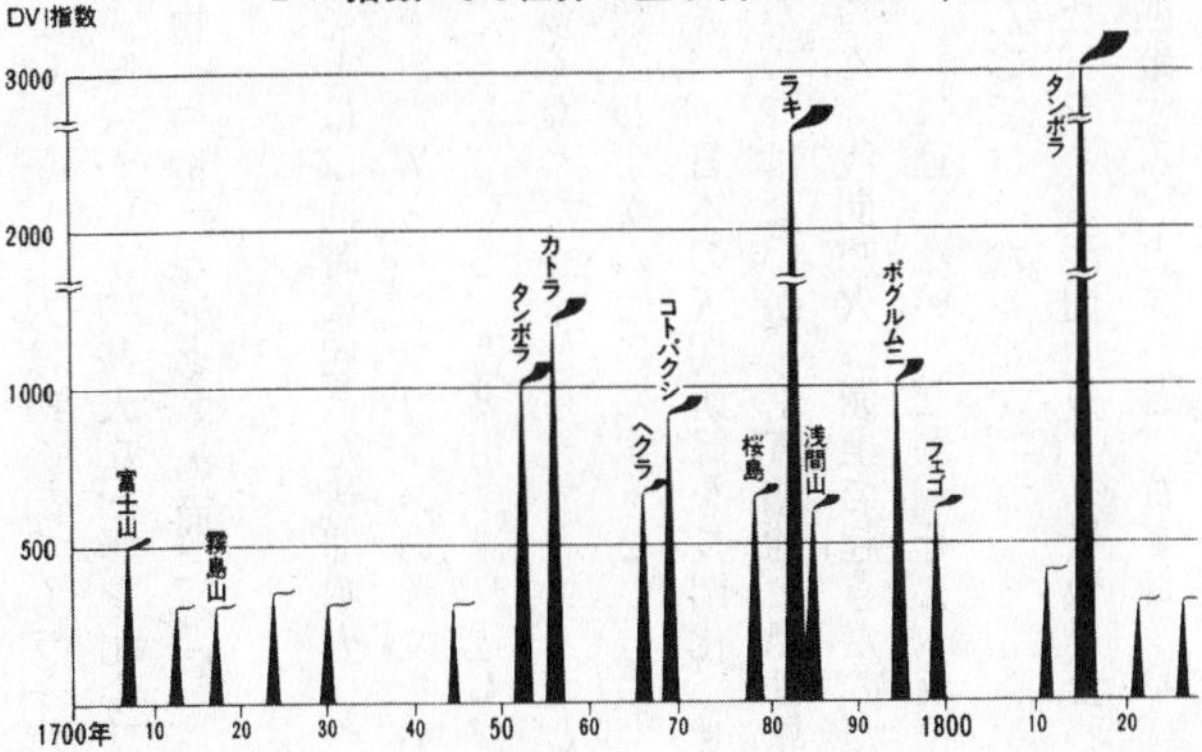

に見る通りで、一八一五年のタンボラ火山（インドネシア）の噴火が三〇〇〇と、群を抜いて大きい。

その噴煙は北半球をおおいつくし、翌一八一六年ヨーロッパ、アメリカは極端な冷夏となって「夏のない年」あるいは「餓死の年」と呼ばれて有名である。この年のことを調べたアメリカ人のストンメル夫妻が「火山と冷夏の物語」という本を書いている。興味深いことに夫妻は歴史にも、火山、気候にもまったくの素人だ。

さて、このタンボラについで指数の大きいのが一七八三年のラキ（アイスランド）で二三〇〇。この中にラム教授は、ラキ噴火の一カ月ほど前に始まったアイスランド沖のエルデヤール島の噴火による火山灰も含めているが、主力はあくまでもラキだ。

ラキ噴火がいかに甚大な影響を北半球にもたらしたかを、気温低下、その時間的持続、農作物への被害など多くの面について、ラム教授は指数の解説のかたちで付記している。

ラキとほぼ同時に起きた浅間噴火についてもラム教授はコメントを加え、アメリカで発表されたW・ハンフリーズの論文を引用して「記録に残るかぎりもっとも恐るべき噴火」だとしている。吾妻川に流れ込んだ火砕流によって、被害をうけた町村の数や死者数が多くなった点をとらえてのことだと思われる。しかし、浅間噴火に与えられたDVI指数はわずか六〇〇にすぎない。

ラキだ、日本の天明飢饉を長期化させ、深刻化させたのは、浅間よりむしろラキ噴火だったのではないか——直感的に私は思った。

むろん、浅間噴火は頭上で起きたのだから、指数は低くても日本への直接的影響は大きかったに違いない。だが、そこへラキ噴火の影響が加わったことが、悲劇をより大きくしたのではなかったか。

また、ラキと浅間のDVI指数を合わせると二九〇〇になり、タンボラの三〇〇〇にほぼ匹敵する。とすると、ヨーロッパ、アメリカにも「夏のない年」が来てなんの不思議もない。しかもラム教授もいうように、この二つの火山の複合噴火の影響が五～六年続くとするなら、一七八九年に始まったフランス革命にも時間的にかかってくるではないか。

例の日本の大学教授の論文ではラキ噴火は無視されているが、フランス革命との関係を論じようとするなら、ラキに浅間が加わった複合噴火こそ対象にされなければならず、しかもそれは十分対象とする価値があるに違いないのだ。

私は、自分がしたこの発見に知的興奮に似た気持を覚えながら、すぐロンドンへ飛んだ。ラキ噴火とその影響の記録を、大英図書館で調べるためだった。

＊

大英図書館の、かつてカール・マルクスが決まって陣取って資本論を書いたと伝えられる席の近くを自分の場所にした私は、毎日そこへ通って資料を探し、読みふけった。その意味ではこの本は、大英図書館の円天井の読書室の中から生まれた。

ただ、かんじんの一七八三年の複合噴火が八九年のフランス革命の原因だったかどうかについての論証が、完璧にできたとは私は思っていない。革命の前年フランスは不作で、その結果起きたパンの値上がりが暴動を呼んだことは確かだが、それが噴火のせいだと断定するだけの根拠を私は握っていない。

それは歴史学や火山、気候学の専門家にとっても同じであるはずで、だからこそ学者たちは用心深く一七八三年と八九年の因果関係に口を閉ざしているのだと思う。

また、かりにパンの値上がりの遠因が噴火にあったとしても、それだけでフランス革命が起きたと主張するようなつもりは私にはない。それこそ王制からアンシャン・レジーム、第三身分の擡頭《たいとう》と啓蒙思想の出現までをひっくるめた、幅広い考察がむろん必要である。

だが、平等の理想というような美しい形而上的な理由だけから、それが起きたのでもなかっただろう。ほんとに幅広く考えるつもりなら、パンの値上がりをはじめとする形而下的な理由が軽んじられていいはずはない。

今度初めて気づいたことだが、フランス革命の原因がブルジョアジーの擡頭に代表されるようなフランス社会の繁栄にあったのか、それともおびただしい大衆の貧困にあったのか、という問題点が、ヨーロッパでは以前から関心を呼んでいるらしい。

A・ソブールは「大革命前夜のフランス」の中で「ブルジョアの繁栄による革命か」「民衆の貧困による革命か」と明確にその問題点を指摘してみせている。またR・グリーンロウの「フランス革命の経済的原因」には、「貧困によるのか、繁栄によるのか」と副題がついている。

とかく美しい平等の理想ばかりが強調されてきたように思われる日本のフランス革命観が、故意に楯のもう一つの面を見落としているのでなければ幸いである。

そうした思いもあって、あえて私はこの本を世に問うことにした。いわばこれは、素人の私は春秋の筆法にならないようここまでにしておくが、あとは各分野の専門家がひとつ討議してみませんか、という提案でもある。

＊

一八一六年の「夏のない年」については、昨年六月カナダのオタワに歴史、火山、気候、気象など各分野の専門家数十人が集まって「一八一六年の気候・それは夏のない年だったか」という国際会議が開かれた。

日本からは東京都立大の三上岳彦助教授（現帝京大学教授、首都大学東京名誉教授・歴史気候学）ら三人が参加したが、三上助教授によると四日間の会議では自由で活発な討議が相ついだそうである。

会議の席で三上助教授は「この次は一七八三年をやりましょう」と提案して、多くの賛同を得た。ラキと浅間をめぐる国際会議は、近いうちに日本で開かれることになるかも知れない。討論がフランス革命にまで及ぶかどうかわからないが、著者としてはぜひそうなることを願っている。

ただ、噴火と気候との因果関係をきちんとつかまえることは、非常にむずかしい。一八一五年のタンボラ噴火にしても、翌年夏ヨーロッパ、アメリカ、とりわけ北米大陸東海岸が極端に寒くなって六月に雪が降り、噴火の影響だと騒がれたのだが、日本（文化十三年）では西日本を中心に暑い夏になり、旱魃被害が出るほどだった。一七八三年のラキ、浅間の噴火の場合は逆に、直後に日本では東北地方の太平洋側を中心にひどい冷夏となったが、本書にも記した通りイギリスは異常に暑い夏だった。本書の読者には、それは偏西風の蛇行のせいだ、ということがおわかりいただけるはずだが、イギリスの例だけをとらえて、大噴火後には気温が上昇する、と主張する学者も一部にあるほどなのだ。

それでも多くの異分野の専門家が集まって討議を重ねれば、なんらかの収穫がないはずはない。ぜひともやってもらいたいものだと思う。

いま、炭酸ガス濃度の上昇がもたらす〝温室効果〟による地球の温暖化と、フロンガスによるオゾン層破壊が、国際的な問題になっている。だが、いまから手を打って炭酸ガスやフロンガスの放出を抑制しよう、という英知を人類が持っているかぎり、この問題は近い将来必ず解決できると私は信じている。

そこへいくと火山の噴火は、人類の英知で止めることはできない。ＤＶＩ指数三〇〇

○のスケールの大噴火が、地球上のどこかで明日にも起きるかも知れないのだ。
そしてそこへ、なにかのほかの悪条件、たとえば一七八三年がそうだったように複合して大噴火が起きるとか、海水温の異常上昇、偏西風の極端な蛇行などが加わったとき、どんな異常気象が現れ、地球はどうなるのか。

そのことをあらかじめ十分知っておくためにも、私たちは過去に学ばなければならないだろう。

＊

複合大噴火とフランス革命との関係と並んで、本書のもう一つのテーマは天明飢饉である。三十年目にとうとう私はそれを書くことになったのだが、津軽藩と白河藩を対比させながら、危機管理のあり方を意識して書いた。組織の上に立つものに危機を管理する意志があるかどうかで、万の単位の死者が出るか、出ないかの差が生じたのだ。

そして、白河藩では見事に危機管理をなしとげた松平定信が老中になって失敗したところに、歴史がときどき意地悪く示す皮肉を見たように著者自身感じている。

なお、本文中の日本での出来事の日付はすべて太陽暦に置き換えて、欧米の日付に統一させた。たとえば浅間山から鎌原火砕流が発生したのは旧暦七月八日で、国内の記録、史書にはこの日付が用いられているが、本書では八月五日にした。

＊

本書の刊行にあたってお世話になった文藝春秋出版部次長の斎藤宏氏は東大理学部地理学科の出身で、火山や気候の専門家である。

浅間山の噴火を書きたい、と切り出すと斎藤氏はにこやかにうなずいて、

「何年のですか」

と問い返してきた。浅間の噴火といえば天明三年と決め込んでいる素人とはわけが違う。これはおそるべき専門家と一緒に仕事しなければならなくなったと、私は緊張した。

三上助教授はその斎藤氏と卒業年次が同じ友人で、歴史気候学の考え方についてなにかと示唆をいただいた。

また、歴史気候学研究のメッカとされるイギリスのイーストアングリア大学P・ジョーンズ博士には、在英のジャーナリスト加藤節雄氏を通じて、一七八〇年代のヨーロッパの気候を調査するにあたっての貴重な助言をうけた。

大英図書館では、日本人スタッフの牧田健史氏にお世話になった。わずかな手がかりから古い文書をつぎつぎ探し出していく氏の見事な手際がなかったら、本書の完成はうんと遅れたに違いない。

国内での資料蒐集にあたっては、猪俣通子さんに手伝ってもらい、気象庁図書資料管

理室の文献係長、竹田邦子さんに親切にしていただいた。
参照した文献は主要なものを一括して掲出し、著者ならびに編訳者に感謝したい。

一九八九年初夏

上前淳一郎

参照引用文献

邦文（翻訳を含む）

青森県「青森県史」同県　一九二六年
荒川秀俊「饑饉の歴史」至文堂　一九六七年
同「近世気象災害志」気象研究所　一九六三年
同「災害の歴史」至文堂　一九六四年
荒川秀俊他「日本旱魃霖雨史料」気象研究所　一九六四年
いわき市史編さん委員会「いわき市史」いわき市　一九七五年
江間政発「楽翁公遺書」八尾書店　一八九三年
大石慎三郎「田沼意次」清水書院　一九七一年
同「天明三年浅間大噴火」角川書店　一九八六年
大野広城「泰平年表」続群書類従完成会　一九七九年
小鹿島果「日本災異志」思文閣　一八九四年
小野武夫「日本近世饑饉志」有明書房　一九八七年
同「徳川時代百姓一揆叢談」上下　刀江書院　一九二七年
菊池万雄「日本の歴史災害」古今書院　一九八〇年
北島正元「幕藩政の苦悶」（日本の歴史18）中央公論社　一九六六年

黒田源六「本多忠籌侯伝」本多忠籌侯遺徳顕彰会　一九四二年
国史大系編修会「徳川實記」第十、「続徳川實記」第一　吉川弘文館　一九六六年
J・ゴデショ、赤井彰編訳「バスティーユ占領」白水社　一九八六年
権藤成卿「日本震災凶饉攷」有明書房　一九八四年
斎藤月岑「武江年表」平凡社　一九六八年
渋沢栄一「楽翁公伝」岩波書店　一九三七年
司法省刑事局「日本の飢饉資料」原書房　一九七七年
震災予防調査会「大日本地震史料」上　丸善　一九〇四年
菅江真澄「菅江真澄遊覧記」一—五　平凡社　一九六五—六八年
H・ストンメル、E・ストンメル、山越幸江訳「火山と冷夏の物語」地人書館　一九八五年
A・ソブール、山崎耕一訳「大革命前夜のフランス」法政大学出版局　一九八二年
辻善之助「田沼時代」岩波書店　一九八〇年
嬬恋村誌編集委員会「嬬恋村誌」上下　嬬恋村　一九七七年
嬬恋村教育委員会「鎌原遺跡発掘調査概報」同委員会　一九八一年
I・ティチング、沼田次郎訳「日本風俗図誌」雄松堂書店　一九七〇年
中屋健一「新米国史」誠文堂新光社　一九八八年
西村真琴他「日本凶荒史考」有明書房　一九八三年
萩原進「天明三年浅間山噴火史」鎌原観音堂奉仕会　一九八二年

G・ホワイト、山内義雄訳「セルボーンの博物誌」出帆社　一九七六年
松平定信「宇下人言・修行録」岩波書店　一九四二年
村山磐「浅間山天明大噴火について」東北学院大学論集10号　一九八〇年
八木貞助「浅間火山」信濃毎日新聞社　一九三六年
A・ヤング、宮崎洋訳「フランス紀行」法政大学出版局　一九八三年
G・リューデ、前川貞次郎他訳「フランス革命と群衆」ミネルヴァ書房　一九六三年
G・ルフェーブル、鈴木泰平訳「フランス革命」世界書院　一九六五年

欧文

J. ANGELL, J. KORSHOVER "Surface Temperature Changes Following the Six Major Volcanic Episodes between 1780 and 1980" Journal of Climate and Applied Meteorology, vol.24, September 1985
V. BJARNAR "The Laki Eruption and the Famine of the Mist" Scandinavian Studies, Univ. of Washington Press, 1965
R. BLONG "Volcanic Hazards" Academic Press, 1984
F. BRAUDEL, E. Labrousse "Histoire Économique et Sociale de la France" Press Univ. de France, 1970

D. BRUNT "Periodicities in European Weather" Philosophical Transactions of the Royal Society of London, 225 A, 1926

R. BRYSON, B. GOODMAN "Volcanic Activity and Climatic Changes" Science vol. 207, 7 March 1980

R. CADLE et al. "The Global Scale Dispersion of the Eruption Clouds from Major Volcanic Eruptions" Journal of Geophysical Research vol. 81, No.18, 20 June 1976

R. GREENLAW "The Economic Origins of the French Revolution" D. C. Heath, 1958

W. HOOKER "Recollections of a Tour in Iceland in 1809" Yarmouth, 1811

W. HUMPHREYS "Physics of the Air" J. B. Lippincott, 1920

J. KINGTON "Daily Weather Mapping from 1781" Climatic Change 3, 1980

H. LAMB "Climate, History and the Modern World" Methuen, 1982

"Climate : Present, Past and Future" Methuen, 1972

"Volcanic Dust in the Atmosphere ; with a Chronology and Assessment of its Meteorological Significance" Philosophical Transactions of the Royal Society of London, vol. 266, A 1178, 1970

"Weather, Climate and Human Affairs" Routledge, 1988

D. LUDLUM "Early American Winters 1604-1820" American Meteorological Society, 1966

G. MANLEY "Central England Temperatures : Monthly Means 1659 to 1973" Quarterly

Journal of the Royal Meteorological Society, 100, 1974
J. NEUMANN "Great Historical Events that were Significantly Affected by the Weather : 2, The Year Leading to the Revolution of 1789 in France" Bulletin of the American Meteorological Society, vol. 58, No. 2, February 1977
J. NICOL "An Historical and Descriptive Account of Iceland, Greenland and the Faroe Islands" Edinburgh Cabinet Library, 1840
A. PITTOCK et al. "Climatic Change and Variability" Cambridge Univ. Press, 1978
R. ROSE "The French Revolution and the Grain Supply" Bulletin of the John Rylands Library No.39, 1956
H. SIGURDSSON "Volcanic Pollution and Climate : The 1783 Laki Eruption" EOS, vol. 63, No.32, 10 August 1982
T. SIMKIN, R. FISKE "Krakatau 1883" Smithsonian Institution Press, 1983
S. THORARINSSON "The Lakagigar Eruption of 1783" Bulletin Volcanologique, 33, 1969
C. WOOD "Amazing and Portentous Summer of 1783" EOS. vol. 65, No.26, 26 June 1984

※一五一ページの想定図（図4・一七八三年夏の偏西風の流れ）は、近年の冷夏年（一九八〇年など）を参考に、三上岳彦教授が作図したものです。

解説

三上岳彦

一九九一年六月三日夕方、雲仙普賢岳が二百年ぶりに爆発し、火口から流れだした火砕流で地元の消防団員や報道関係者など四十三名が犠牲となった。この年の四月、フィリピンのピナツボ火山が六百年ぶりに噴火し、六月十五日には山頂部が吹き飛ぶ大噴火を起こした。噴煙の高さは成層圏の三十五キロメートル付近にまで達し、一九八二年のメキシコ、エルチチョン火山の噴火を上回る今世紀最大規模の大噴火となった。噴出物の量も、雲仙普賢岳の数百倍におよび、大量の火山灰と火砕流によって多くの家屋や田畑が被害を受け、四百人近くの尊い人命が奪われた。

このニュースを聞いたとき、私は上前氏の「複合大噴火」を思い起こしていた。二百年前に起こった浅間、ラキの噴火とあまりにも状況が似ていたからである。無論、ラキはアイスランドの火山であり、フィリピンとは緯度も経度も大きく異なっている。雲仙普賢岳とピナツボ山は、同じ環太平洋火山帯に属しているが、浅間とラキは、成因的にもまったく異質の火山である。アイスランドは、ちょうど大西洋中央海嶺が島の真ん中を通っており、北アメリカプレートとユーラシアプレートが離れていく位置にあるため、地下からマグマが出てきやすい。一方、日本列島付近では、逆に太平洋プレートがユーラシアプレートの下に沈みこんでいるため、地震や火山噴火が多い。

政治、社会状況にしても、二百年前とはまったく違っている。日本では飢饉という言葉そのものが死語と化しているし、西欧でもパンの値段が上がって暴動が起きるとは誰も考えないだろう。ピナツボ噴火による低温化のきざしも、噴火後一年たった現在、特にめだって現れてはいない。にもかかわらず、私には、いろいろな意味で、二百年前の浅間、ラキの複合噴火と今回の雲仙、ピナツボの同時噴火とがまったく無関係であるとも言い切れない気がするのである。ここでは、歴史気候学の立場から、火山噴火と気候変動がいかに関わっているかを解説してゆきたい。

物語は、不気味な暖冬で明けた一七八三年（天明三年）の津軽を舞台に始まる。おりしも、老中田沼意次による産業振興がすすみ、江戸をはじめとする諸国では、学問、文化、芸術の花が開いて活気に満ちていた。そうした時代背景の中で、春から夏にかけての冷気と長雨による凶作が、未曾有の大飢饉を引き起こしたのである。

津軽弘前では、飢えと寒さで餓死、病死する者があとをたたず、一七八四年夏までの死者は、領民の三分の一にあたる八万一千人を越えた。南部藩でも、餓死者四万一千、病死者二万四千、流民となって他国へ逃れた者三千で、合計六万八千におよんだ。飢えの極限に達した人々の一部には、餓死した肉親の遺体を食べるなど、想像を絶する悲惨な光景が繰り広げられた。

このように、東北地方の諸藩が軒並み大飢饉で苦しんでいる中で、松平定信が率いる白河藩だけは一人の餓死者も出さなかった。江戸でも相次ぐ災害や打ちこわしで世相は混乱し、田沼意次は老中の座を定信に明け渡さざるを得なくなる。

定信が老中に就任した翌年の一七八八年四月、フランス全土は猛烈な旱魃に襲われた上に、七月には大規模なひょう害が追い打ちをかけて、小麦は著しく減収し、主食のパン価格は異常に高騰した。翌一七八九年にかけての冬は猛烈な寒さとなり、パリのセーヌ川も凍りついた。飢えた人々はパリに流れ、至るところで暴動が発生し、ついに七月十四日のバスチーユ襲撃という結末を迎えることになる。

飢饉の原因となった異常冷夏については、浅間の噴火によるとする説があるが、噴火が起こったのは八月上旬であり、気温の異常な低下はすでに春頃から始まっていた。著者の上前氏は同じ年にアイスランドで火を噴いたラキ火山との複合噴火が、悲劇をより大きくしたのではないかと推論している。

天明三年の浅間の大噴火で忘れることができないのは、火山灰もさることながら、ふもとの鎌原村を一瞬にして襲った火砕流の悲劇であろう。秒速百メートルを越す速さで山肌を一気にかけ下った巨大な火の帯は、またたく間に数百人の命を奪ったのである。

浅間山とラキ山から噴出した膨大な量の火山灰と火山ガスは、上空を吹く偏西風にのって世界中に広がっていった。厳密に言うと、火山爆発にともなって噴き上げられた大量の亜硫酸ガスが成層圏にまで達したあと、日射（紫外線）の影響によって硫酸の微粒子（エアロゾル）に変化したのである。上空に漂う火山性のエアロゾルは、太陽からやってくる日射のエネルギーを弱め、地上の気温を下げる効果がある。

この年の六月八日朝、アイスランド南部のラキ火山が火を噴いた。一七八三年のラキ火山噴火による噴出物の量は、百億立方メートルに達したと言われ、これは同じ年に噴火した浅間山や一九八二年に噴火したメキシコのエルチチョン火山の噴出量の二十倍にも及ぶ膨大なものであった。亜硫酸ガスに富んだ噴煙は、水蒸気とともに高度十キロメートル以上の成層圏にまで達したのち、硫酸のエアロゾル（本書では「青い霧」と呼んでいる）に姿を変えて二年から三年ほど大気中にただよったために、太陽からやってくる日射のエネルギーが減少し、地上の気温を低下させたと推定される。

こうして、日本では一七八三年に異常冷夏がひきおこされ、東北地方を中心に大凶作となった。東北地方では、前年の一七八二年も凶作で、連年の凶作は米価の高騰を招き、人々は飢えに苦しんだ。とりわけ、東北地方北部の太平洋岸では、オホーツク海方面から吹きこんでくる「やませ」と呼ばれる冷たい北東風が冷害を大きくした。異常気象はその後も続き、日本だけでなくヨーロッパやアメリカ東部でも、一七八三年から一七八四年にかけての冬は異常な寒波に見舞われた。

火山の大噴火と気候変動との関係は、実は、そう単純ではない。本書の舞台となった一七八三年の場合、浅間、ラキの複合噴火で、日本は異常冷夏をむかえたが、イギリスやフランスなど、ヨーロッパ西部の諸国では暑い夏となった。一方、インドネシア、タンボラ火山の大噴火がおこった翌年の一八一六年、北アメリカ東部やヨーロッパ西部では、異常低温を記録して「夏のない年」が出現したが、日本やインド、北アメリカ中西部などでは雨が少なく高温気味であった。一七八三年や一八一六年の例に限らず、一般的に、火山大噴火後には、気温低下に明瞭な地域差が生ずることは従来から指摘されている。

これは、次のようなプロセスを仮定すれば説明がつく。まず、火山噴火によって生成された成層圏エアロゾルが、地球上に広がってゆく過程で日射エネルギーを弱める効果に地域差を生じ、それによって熱バランスがくずれる。すると、地球をとりまく偏西風のみちすじが大きく変わるため、冷たい空気や暖かい空気の流れに異常をきたし、場所によって気温が著しく低下したり、逆に高温化したりする。本書では、複合大噴火後のこうした気温変化の地域差についても、科学的に納得のゆく説明が加えられており、単なる歴史的事実の記載に終わっていない点で、説得力がある。

再び、フィリピン、ピナツボ火山の噴火について考えてみよう。おそらく、ピナツボの場合、二百年前のラキ火山噴火に匹敵する成層圏エアロゾルが生成されたのではなかろうか。噴煙は、むしろ低緯度に位置するピナツボ火山の方が、高緯度にあるラキ火山よりも広い範囲に流されていった可能性が高い。二酸化炭素などの増加による温室効果が加わって地球規模の温暖化が進んでいる現在では、低温化の影響も二百年前ほど大きくはないだろう。しかし、噴火によって、偏西風に代表される大規模な大気の流れが変われば、世界的に異常気象が多発する可能性は十分にある。

著者の上前氏は、あとがきで、本書は歴史でもなく、気候学でもなく、ノンフィクションとも言いがたく、エッセイと思ってもらいたいと述べている。しかし、この本は単なるエッセイではない。火山噴火で大気中にひろがった噴煙で日射が弱められ、それによって生じた異常気象が洋の東西で凶作をひきおこし、飢饉による社会不安が政治体制をゆるがすという一連の図式が、最新の気候学理論と克明な史実の記載を通して見事に描かれている。気候学者は、火山噴火が気候変化をひきおこすメカニズムは追求するが、気候変化が人間社会に影響を与えて歴史を変えるといったテーマにとりくむ勇気をもたない。一方、歴史学者は、概して、気候変化を初めとする自然現象に、複雑な人間社会の歴史を変えるほどの影響力はないと考えているようだ。そうした意味で、この本は、学問のわくにとらわれずに自由な発想でものがいえる立場にある上前氏なればこそ書き上げられたのではないか。とすれば、これは、膨大な文献、資料のうらづけと緻密な分析を背景としたノンフィクションであり、日本とヨーロッパを舞台にした壮大な歴史ドラマである。

火山噴火の話にしても、科学的なメカニズムが専門的知識をもたなくとも理解できるように、図や表を使って平易に書かれている。歴史の記載も、為政者や民衆の動きを中心に、当時の社会不安がどのような過程で打ちこわしや暴動へと進展していったのかといった点に力点がおかれている。

旧ソ連、東欧の崩壊で、全面核戦争による「核の冬」の危機は去ったかに見える。一方で、石炭、石油などの化石燃料の消費がのび、熱帯地方では森林破壊によって砂漠化が進行し、大気中の炭酸ガス濃度は増え続けている。このため、人々の関心は、もっぱら温室効果による地球温暖化や、フロンガスによるオゾン層破壊に向けられる。

二百年前の浅間、ラキの複合大噴火やそれに続く天明の大飢饉の悲惨な状況などは、遠い過去のできごととして忘れ去られようとしている。そうした中で、雲仙普賢岳とピナツボ火山のあい次ぐ大噴火は、自然災害の脅威を人々に再認識させる結果となった。その意味で、本書は地球環境の過去、現在、未来に関心をいだくあらゆる階層の人々に読んでもらいたいと思う。

（帝京大学教授・首都大学東京名誉教授）

単行本　一九八九年六月　文藝春秋刊
本書は一九九二年九月に刊行された文春文庫の新装版です。
DTP制作　ジェイ　エスキューブ

文春文庫

複《ふく》合《ごう》大《だい》噴《ふん》火《か》

定価はカバーに
表示してあります

2013年9月10日　新装版第1刷

著　者　上《うえ》前《まえ》淳《じゆん》一《いち》郎《ろう》
発行者　羽鳥好之
発行所　株式会社 文藝春秋

東京都千代田区紀尾井町 3-23　〒102-8008
TEL 03・3265・1211
文藝春秋ホームページ　http://www.bunshun.co.jp

落丁、乱丁本は、お手数ですが小社製作部宛お送り下さい。送料小社負担でお取替致します。

印刷製本・凸版印刷

Printed in Japan
ISBN978-4-16-724847-5